文治
© wénzhi books

更好的阅读

哪啊哪啊神去村夜话

神去なあなあ夜話

[日] 三浦紫苑——著 王蕴洁——译

浙江人民出版社

目录

第一夜　神去村的起源

嘿，各位，好久不见！阔别半年多了，大家都好吗？那些因为见不到我而难过得整天以泪洗面的人，赶快把眼泪擦一擦吧！

我说过“I’ ll be back”，所以，我回来啦！

——写是这么写，但哪来的“各位”啊，总觉得有点淡淡的哀伤。事实上我只是坐在没有网络的电脑前，独自一人啪嗒啪嗒地敲着键盘。说到键盘，与喜家还在用那台黑色转盘电话呢！

先自我介绍，毕竟幻想着有读者在读我的文字，会让灵感如有神助般地涌现。

我叫平野勇气，乃是赫赫有名的怪盗亚森·罗宾的孙子——才怪，这么说当然只不过是自欺欺人而已。我老爸在横滨上班，老妈是家庭主妇，爷爷和外公也都是上班族，根本没有什么怪盗血统。

我前不久刚满二十岁，高中毕业后，基于某种因缘，离开了老家（**其实是被赶出来的**），去年开始住在这座位于三重县中西部深山里的神去村。至于是哪些"因缘"，看看这台电脑中名为"哪啊哪啊神去村"的文档就知道了。

不过，电脑已经锁住了，密码当然是秘密。因为内容实在羞于见人，我可不想被别人看到……尤其是与喜，他要是知道了一定会捧腹大笑说："你少在那边装什么文青了呢哪[1]！"所以，我只好趁夜深人静，偷偷摸摸地坐在电脑前把这些记录下来。

我在神去村做什么呢？林务工作。白天在山上种植杉树和桧树的树苗，割草，打枝，砍伐长大的茁壮树木再运送下山……整天忙进忙出的。

我在神去村的第一年是做实习生，今年春天，终于正式成

1 呢哪：神去村村民常用的语气助词。

为中村林业株式会社的员工，不用说，当然是从基层职务做起。

村民口中的“东家”中村清一先生经营中村林业株式会社。清一哥不仅很有经营手腕，对林务工作也很内行，而且才三十多岁，可以说是年轻有为。中村家世世代代都是拥有神去村周边山林的大地主，虽然碍于林业成了夕阳产业而卖掉一些林地，但仍拥有相当于二百五十六座东京巨蛋那么大的山林。据说以前的地更多，规模之大，可以从三重一路绵延到大阪。

林务工作是分组进行的，我所属的小组由东家清一哥带队，主要负责养护中村家名下的山林。中村林业株式会社还有其他小组，有时候会和林业工会合作，协助因年事已高而无法自行照护的山林主养护他们的山林。

接下来介绍中村清一小组的成员。

刚才提到的东家清一哥，有个从小一起长大的哥们儿：饭田与喜。三十岁出头，体格壮硕，染了一头金色短发。与喜经常吹嘘：“我是林务工作的天才哪！”令人火大的是这是个事实，他只靠一把斧头，即可正确伐倒超级大树。但是，他的个性很有问题……不知道该说行为放纵、不受拘束，还是说他只靠野性的直觉活着，这家伙很不讲道理。

还有五十多岁的田边岩大叔，以及已经七十过半、身体仍然硬朗的小山三郎老爹。岩叔小时候遭过神隐，这段经历成为他引以为傲的“光荣”记录，他熟悉所有林务作业，不厌其烦地传授各种知识。三郎老爹算是山里的智者，对危机的预知能力非比寻常。明明还是大太阳，只要三郎老爹开口说“今天就到此为止吧”，全体组员便二话不说准备下山。回到村子后，总会不出所料地下起雷雨。在山上遇到雷雨，被雷劈的可能性很高，很危险。所以这种时候就连霸道的与喜也会完全听从三郎老爹的建议。

以上是中村清一小组的成员，个个都是山林好手，除了我。

我已能适应林务作业。刚到这里时，我连走斜坡或割杂草时都站不稳。对于为了砍掉多余枝丫而得爬树，常觉苦不堪言。用链锯伐采杉树时，切入角度老是抓不对，害刀刃卡进树干里，进也不能进，拔又拔不出来。

相较之下，现在我简直就是天狗了，倒不是真的变成了天狗，而是可以像天狗一样，漂亮地在斜坡上移动，轻松地上树，无论割杂草还是打枝都难不倒我。只有伐木技术还有待加强，与喜经常调侃我说：“你要砍树时说一声，我要躲到一公里以外哪。”岩叔也每天提醒我：“最危险的就是自以为进入状态了，你千万不能大意呢哪。”

岩叔说得很有道理。林务工作的学问深奥，一年多的时间只能学到皮毛而已。天天都有新发现，时时刻刻都与危险为伍，每项作业都必须花尽心思，脑袋和身体都快爆炸了，却有无穷的乐趣。

在山上工作时，树梢传来鸟啼声，总觉得晃动的树林后方有野兽在盯着。走在柔软的泥土上，每踩一步，都会散发出潮湿甘甜的泥土气味。休息时捧一把溪水洗脸，立刻感受到沁人心脾的凉爽。风永远都清新柔和，没有掺杂一粒灰尘（花粉多的季节另当别论）。

神去村说穿了什么都没有。没有玩乐场所，没有便利商店，没有服饰店，也没有餐厅，只有村庄周围层峦叠嶂的山脉。但是，通过林务工作所体验到的一切，都是我在高中毕业以前所住的横滨绝对不可能有的。刚来神去村时，这里的生活让我受不了，一直想逃走，哪想得到我会在不知不觉中爱上林业。

我住与喜家。成为正职员工后，曾经想过自己租房子，一个人生活。因为这村子人口少，留下不少空屋，但一旦搬出去，就得花一笔钱买小货车、家具、生活用品等，而且我现在手头还不宽裕，于是继续寄宿在与喜家。况且，我想多观察与喜，偷学一点林务工作的技术。与喜保养工具很有一套，其他方面就很白痴，连缝扣子也不会，唯一会做的料理就是味噌汤。

与喜家还有繁奶奶和他太太美树姐。与喜的父母好像很早就过世了，神桌上有他们的牌位和遗照，两个人看起来都四十多岁，面带笑容，感觉很温和。这样正常的父母怎么会生出与喜这头野兽呢？神桌上总是供着白饭、水、鲜花和线香，但与喜从来不提他的父母。

繁奶奶年纪大了，腰腿不太灵活，整天缩成一团坐在饭厅，看起来就像一颗皱巴巴的馒头，但岁月累积的生活经验让她凡事都可以正确地作出判断，成为村民尊敬的长老。在紧要关头时，她还能以迅雷不及掩耳的速度弹与喜的额头，适时教训与喜不可以胡作非为。与喜常说："额头都快被她弹得冒烟了。"但至少他在繁奶奶面前会收敛一点。

虽然已经结婚好几年了，但美树姐深爱与喜，爱得要死要活，因为太爱他，常常打翻醋坛子。与喜有几次去名张的酒店喝酒，美树姐为此一怒之下搬回娘家。回娘家听起来好像非同小可，其实她的娘家离与喜家走路才五分钟而已。美树姐的父母在桥头开了神去地区唯一的商店，贩卖各种生活必需品，是村民口中的"百货店"。

啊，我忘了一个重要的家人，就是与喜家的爱犬阿锯。它是一只白色长毛狗，超机灵的，总是跟我们一起上山干活，是与喜忠实的搭档。繁奶奶还养了两条金鱼当宠物，平时两条金鱼相亲相爱地在鱼缸里平静地游来游去，一到喂饲料的时间，立刻大变身，狰狞得像食人鱼。

我每天早上搭与喜开的小货车上山，阿锯会坐在车斗里和我们一起上山。中午吃美树姐做的饭团，虽然只有一个，却恐怕是用三杯米做成的特大饭团，里面常常加了可乐饼、腌黄萝卜和酸梅等丰富的馅料。但是，只要与喜出去喝花酒，饭团里的馅料就会变少，甚至变成一个只加盐巴的特大饭团，最后美树姐会彻底罢工，连饭团都不做。所以，我除了密切观察与喜的行动，还每天都向神去的神明祈祷，希望他们夫妻感情和睦圆满。

终于扯到主题了，这次我想写的是“神去的神明”。

之前实习期间，我很随性地用电脑记录了在山上的见闻，以及一年来发生的事，这次之所以重拾中断已久的习惯，是因为听到神去村神明的故事，很有趣。要不要把村里流传的故事、村民生活，以及听到的大小事统统记下来呢？我已经适应林务工作和山村生活，开始有余裕做点有意思的事情了。

前阵子我们像往常一样上山工作，但因为三郎老爹一声“有雷雨云”，我们便比预定时间提早下山。中村清一小组的成员刚抵达山脚，天空立刻下起午后雷阵雨。小货车的雨刷速度调到最快，也看不清前方的路。暴雨外加隆隆雷声。我坐在副驾驶座上，把阿锯抱在腿上。雨水好像瀑布一样倒在挡风玻璃上，雨刷刷去雨水时，我看到一道闪电直直地打在西山山顶，闪电、山和天空顿时融为一体，同时响起天摇地动的轰隆声。阿锯吓得快崩溃了，从我腿上蹿起来，扒着我的胸口，往我的脸上爬。痛死我了，别用爪子抓我啊！

与喜熟悉附近的林道，开车技术一流（**所有要用到运动神经的事，他都很强**），终于顺利到家。听说岩叔的小货车在中途差一点掉进神去河，不过神去村的人都很豁达，即使朋友遭遇危险，也不会大惊小怪。

“车子后轮打滑，差一点就出事了。”

即使事后听到岩叔提起这件事，大家也只是笑笑说：

“哪啊哪啊。”

“雨下成那样，真是没法子啊！”

“哪啊哪啊”是神去的方言，意思包括“慢慢来嘛”“先别急”，或“真是悠闲舒服的好天气”，大家对岩叔说的这句“哪啊哪啊”可以理解成“哦，真棘手哪”，同时也是在附和“幸好没有大碍，还算不错啦”，而“真是没法子”就是“这也无可奈何”的意思。

好不容易到家后，我和与喜烧了水，轮流用铁制浴缸泡澡。在消毒被阿锯抓到的鼻头时，雨已经停了，九月下旬的这个时节，天气变化很大，经常下雷雨，好像夏天和冬天在秋天这个擂台上角力似的。

“西山没问题吗？被雷打到的杉树好像在冒烟。”

“哪啊哪啊，雨水会把树淋湿，不会有山林大火。”

我和与喜在饭厅聊天，美树姐为我们泡了茶，繁奶奶从茶柜里拿出羊羹来切，四个人围坐在矮桌前吃点心。阿锯躺在玄关的泥土地上，无力地摇着尾巴。它大概很怕打雷，坚持不肯待在庭院的狗屋里。

庭院树上的水滴滴答答地落在水洼里，小鸟叽叽喳喳叫着，搞不好在讨论今晚要睡哪里。一阵湿凉的风吹来，我走去檐廊打算关窗户，眼前灰色的云迅速地向东边移动。

我的视线从天空移到地面时，看到穿着黄色雨靴的山太正走进庭院。

“山太，有事吗？”

山太是清一哥的儿子，今年春天开始上的小学。

神去村有“下”“中”和“神去”三个地区，我们住在神去地区。山太是神去地区唯一的小学生，每天要去位于中地区的神去小学上课。

虽然是同一个村庄，但从神去地区到中地区要走四十分钟山路，对一年级的小学生来说太辛苦了，所以山太都搭交通车上学。神去村早晚各有一班交通车，是老人去镇上活动时的交通工具。听说在早上那班交通车上，山太成了老人们的宝贝。

“我每天都会收到糖果和仙贝。”之前他曾开心地这么告诉我。

中午过后一年级就放学了，山太不搭傍晚的交通车回家。放学时，有同学可以和他一起走到半路，他再自己走完剩下的路回来。天气不好的时候，清一哥的太太，也就是山太的母亲佑子姐会开车去接他。

住在深山里的村子有很多不便，但对山太来说这些都很平常，完全没放在心上，每天都快快乐乐地上学。

走进与喜家的山太看到站在檐廊上的我，立刻露出笑容。

“下雨你们应该会提早收工吧，我想勇哥应该到家了。我最近都忙着学校的事，好久没看到你，所以过来看看。”

山太一定很想我。虽然口气有点坏，但应该是因为一连几天没看到我而觉得孤单吧！我当然不能不热情一点。

“是呀，快进来吧！”

我请他入内。

山太经过玄关，摸了摸地上的阿锯，有礼貌地说了声“打扰了”后，走进饭厅。美树姐为山太倒了茶，繁奶奶则替他切了一大块羊羹。

“噢，山太。”把藤篮垃圾桶当枕头躺在一旁的与喜坐了起来，“你一个人吗？清一呢？”

“在睡午觉。爸爸叫我告诉你，明天要去西山看一下。”

“知道了。来，坐吧！”

与喜把自己的坐垫递给山太。山太坐在坐垫上，刚好在我和与喜之间。“开动了。”

他再次礼貌地说完后，吃起羊羹，喝着茶。

“山太，你没有淋到雨吗？”

美树姐问。

“刚到家就下雨了，没淋到。”

“因为你平时都很乖哪！”与喜说，“神去河的水位上涨，明天以前都不要靠近河边。”

山太乖乖地点头。这时，刚才一直努着嘴巴的繁奶奶突然开口。

“很久很久以前，神去村是在水底哪。”

“繁奶奶，您干吗忽然这样？”

我战战兢兢地问道，担心她是不是感应到来自那个世界的电波。

“没啊！”繁奶奶说，“我只是想告诉你在神去村流传已久的故事。”

“那就麻烦你了。”

我不知道她为什么平白无故地想要说故事，但还是坐直了身体，准备听她说下去，况且与喜、美树姐，还有山太全都坐直了身体，看着繁奶奶。我猜除了我，其他人应该早就听过八百遍神去村的故事了……难道，在没什么娱乐的村庄，这种古老的故事很刺激？

繁奶奶说了一个这样的故事——

很久很久以前，这里还不叫神去村。

这一带是一个很大很大的池塘，神去山有一半沉在水里，很多神明都住在周围的山上，当然也有的住在池塘里，人类——也就是俺们的祖先——在山的斜坡上建造小房子，靠采树果、打野猪和烧炭火勉强维生。

风从山上吹下来时，池塘的水面掀起一波波涟漪。人们看到像鱼鳞般闪着光的涟漪，都说是住在池塘的神明被风吹得发痒。池塘里的神明是一条大白蛇。

某一年的夏天，气温迟迟不上升，紧接着到了秋收时节，树上的果子却很小，始终无法变成成熟的果实，以致没有充足的食物可吃。人类、鸟和动物都瘦了一大圈，大多数人都没撑过冬天。

好不容易春天到了，活下来的人向池塘的神明恳求说：

“蛇神啊，这样下去，俺们早晚也会饿死的，可不可以把池水移去其他地方哪？这里一旦变成平坦的土地，就可以种稻谷、种蔬菜，储存粮食过冬。俺们当然不会辜负这份恩情，会把米和蔬菜献给你啊！”

住在池底的蛇神听到了人类的愿望，忍不住烦恼起来。他当然会烦恼哪，因为一旦池塘的水没了，自己就没地方可住了哪。蛇神从池塘探出头，看着在池畔合掌请求的人类。

他发现其中有个如花似玉的美女，是族长——那时候还不是神去村，所以是族长——的独生女。年轻貌美的女孩皮肤嫩白、唇色红润，留着一头乌溜溜的秀发，比山上任何一朵山茶花都鲜艳动人，比池塘里的任何一条鱼都神采奕奕。

蛇神对她一见钟情，于是开口说：

“我可以答应你们的要求，但族长的女儿要当我的老婆。”

族长的女儿和族长夫妇听了大惊失色，虽说是神明，但谁会想嫁给一条蛇呢？族长夫妇想拒绝，但族长女儿心地善良，不忍看其他人继续受苦哪。

“我答应你，如果你愿意把池塘里的水移去其他地方，我愿意当你的妻子。”

当天晚上，池塘那里发出轰天巨响，在小房子里睡觉的人们都弹了起来，但周围黑漆漆的，什么都看不到，只能眼巴巴地等到天亮。天亮之后，大家看到眼前的光景，都忍不住倒吸了一口气。

池塘消失不见，只有一条清澈的小河，岸边是平坦肥沃的土地。人们下了山，在原本是池塘的地方建了村庄，就是神去村，只是当时还没有取名字。蛇神造的小河就是现在的神去河。

“没有池塘之后，蛇神去了哪里？”山太问。他应该不是第一次听这个故事，但仍听得双眼发亮。

“故事的重点就在这里。”繁奶奶慢条斯理地说下去——

池塘消失后，蛇神也不见踪影。第一年，大家依约把农田里的收成供奉给蛇神，但不久后，人们都忘了以前有池塘、池塘里住了蛇神，日子过得越来越安稳后，也把和蛇神之间的约定忘光光了。

只有族长——后来变成了村长——的女儿没有忘记这件事。村长女儿每天感谢蛇神，为下落不明的蛇神担心。虽然村长夫妇为她安排相亲，但她全都拒绝，一心等待蛇神来娶她。

一天晚上，有个年轻人偷偷来找村长的女儿。自称长彦的年轻人气质出众，说很久之前就爱上了她。

村长女儿终于敌不过他的热情，背着村长夫妇，和他成为夫妻。

“太好了！”山太说，“长彦就是蛇神吧？”

嗯，我也隐约猜到了。山太，你为什么抢先破哏啊！我狠狠瞪了山太一眼，他并不在意。

“长彦帅吗？”他问繁奶奶。

“因为是神明，当然帅了。”

“像我爸爸那么帅？”

“是啊，应该是像清一那样一表人才，不可能是像与喜这样的混混。”

“我虽然和清一是不同的类型，但也不差啊！”与喜抗议着，用大手拨着一头竖起的金发。美树姐忍俊不禁地看着气鼓鼓的与喜。

繁奶奶不理会与喜的话，继续说下去。

“长彦每天晚上都来找村长女儿，天亮之前离开。村长女儿开始不安，因为她已经真心爱上长彦，所以很容易吃醋，胡思乱想长彦还有其他的女人……”

“可以在山太面前说这些吗？”

我打断了繁奶奶，偷瞄着美树姐，因为她可是大醋坛子。

美树姐在矮桌前探出身体，对我抱怨说：

“故事正精彩，不要乱插嘴哪。”

山太笑眯眯的，不知道他有没有看懂眼前的状况。我只好闭嘴，发现腿麻了，改成盘腿的姿势。

村长女儿告诉她的父母：“有个男人偷偷来找我。”村长夫妇听了大惊失色，立刻拿了麻线球给她。卷成球状的麻线有什么用途呢？

“你把线头缝在男人衣服的下摆，早起之后，只要循着麻线，就可以找到他住的地方。”

村长女儿照做了。男人依依不舍地离开了她的房间，没发现衣服下摆被缝了麻线。

麻线一直拉呀拉，村长女儿手上的麻线球越来越小。她急忙接上新的麻线球，但很快又变小了。最后用了七个麻线球，才终于停了下来。

朝阳升起，村长女儿在父母陪伴下一起循着麻线找人。麻线经过小桥，沿着河边，通往山里。那是村庄周围最高的一座山，据说住着大山祇神，人类不能轻易进出。

“是神去山！”山太开心地叫了起来，“结果呢？长彦有没有在神去山上？”

“不要急呢哪。”繁奶奶喝了一口茶润喉。

长彦在神去山。池塘没了之后，他去投靠大山祇神。村长他们找到他的时候，他恢复成白蛇的模样，睡得很香甜。

蛇神察觉到人类的动静，慌忙抬起头，看到心爱的女人和她父母站在面前，正一脸惊愕地看着自己。蛇神沮丧地说：

“终于被你发现了。我爱上了你，不惜轻贱自己的身份变成人类，偷偷去找你。不过，既然你已经知道我的真实模样，我们就不能继续在一起了呢哪。你也不想嫁给一条蛇吧？虽然很难过，但我们的缘分到此为止。”

村长女儿忍住发抖的双腿，努力一步一步走向蛇神，紧紧抱着蛇神弯弯的蛇颈说：

“不，我喜欢你，我不想离开你。而且你已经没有池塘了，以后该怎么办？不如按照之前的约定，我们结婚，一起住在村子里。我们两个人，不对，我们一人一蛇可以耕田、采果，快快乐乐过日子，好吗？”

蛇神用力点头。两个人，不对，一人一蛇紧紧抱在一起——其实是蛇神缠绕着村长女儿——放声哭了出来。蛇神得知村长女儿并没有因为他的真实身份而讨厌他，十分感动；村长女儿也很高兴蛇神不惜放弃生活多年的住处，选择了自己。

于是，两个人，不对，是一人一蛇从此在村子里过着幸福快乐的生活。可喜可贺，可喜可贺。

“太好了。”

山太似乎听得津津有味，但我觉得哪里不对劲，因为繁奶奶的故事中，蛇神居然也说神去话，根本不像神明。

屋外的天色已经转暗。

“打扰了。”玄关的门打开，佑子姐走了进来，“对不起，山太打扰了这么久。”

“啊，是妈妈。”

山太站了起来，跳着走去玄关。阿锯摇着尾巴。

“没关系啦！”美树姐也走向玄关，进了厨房开始淘米，“山太，要不要在我们家吃饭？”

“不要，我要回家了。繁奶奶，谢谢你说故事给我听。勇哥，下次我们去河边钓鱼？”

“好啊，等水位降回来之后。”

“好。”

山太和我约好后，和佑子姐一起回家了。佑子姐顺道送了装在保鲜盒里的芋头卤油豆腐过来，说“一点小东西，请大家吃”。她似乎刚做好就拿来了，还冒着热气。

我和与喜想吃卤菜，开了酒小口小口地喝起来。不对，与喜是豪爽地一干而尽。我还不太会喝酒，装在小杯子里慢慢喝刚刚好。

应该是情绪平复了，阿锯想出去。我便带阿锯去庭院，把狗食放在狗屋前的盘子上，再在水盆里加了水。

雷雨云早就不知躲去哪里了，满天的繁星，大山祇神居住的神去山，棱线也融入黑暗之中。

空气中有一股潮湿的树叶味道，黑漆漆的山上传来沙沙的风声。清新的氛围中，虫子的鸣叫声各有千秋，有的像风铃般清脆，有的像研磨棒般低沉。站在这片夜色中，要说这里曾经历过巨大池塘底的传说，似乎也有几分可信。白色大蛇像闪电般扭着身体，在神去山的半山腰上爬行似乎也不是不可能。

回到饭厅，晚餐已经摆上桌了。今晚的菜色是豆腐葱花味噌汤、烫菠菜和盐烤竹筴鱼。

山太离开后，家里变得格外安静，只听到挂钟发出规律的声音。

“繁奶奶刚才说的故事真有趣，只是人和蛇结婚有点不寻常。”我说。

“以前应该常有这种事。”

繁奶奶泰然自若地回应。

“这是清一家的传说。”与喜笑着说，“他的祖先是蛇神。”

搞不好清一哥天亮后也会变成大蛇的样子躺在家里。我想象着，清一哥和佑子姐把山太夹在中间，躺成“川”字的样子，忍不住扑哧了。

“有一点我不太明白，”我请美树姐帮我添了一碗饭后开口问，“为什么这个村庄叫‘神去村’？‘神明离去的村庄’不会很不吉利吗？”

“那是因为刚才的故事还有下文。”美树姐把装了满满白饭的碗交给我时说，“繁奶奶，你就说给他听吧！”

“好啊！”

繁奶奶没有牙齿，正用牙龈咬了一口腌芜菁。她的牙龈真是无敌硬啊！

“虽然是‘成人’的内容，但勇气已经成年了，说给你听也没关系。”

于是，繁奶奶继续说了下去。

村长女儿和蛇神盖了一栋小房子，在一小块农田上耕种，过着幸福的生活。他们晚上合盖一床被子，总共生了十四个儿女。

其中七个儿女一出生就是小白蛇，不久后就离开村庄，去小沼泽和小池塘当守护神。

另外七个儿女是人类，协助村长女儿和蛇神勤奋地种田。女儿们长大之后，纷纷嫁去邻村和山后方的村庄，过着幸福的生活。儿子们纷纷娶了老婆，家里的人丁越来越兴旺。

村长女儿——那时候已经是身为人母的成熟大人了——和蛇神仍然像谈恋爱时般相亲相爱。原来蛇神在认识村长女儿之前，并不了解人类身体的奥秘，遇到村长女儿之后，才了解肌肤之亲。

简单地说，蛇神沉溺于情欲。

为了在村庄生活，蛇神化成人类的外形，但和村长女儿在床上交欢时，有时候会以为自己变回蛇了，吓得赶紧低头看自己的身体，幸好没有变回蛇的样子，除了一部分例外哪。当蛇神把蛇的部位钻进村长女儿的身体时，他会想起以前居住的池塘——宁静温暖、美丽清澈的池塘曾是他安心的归宿。

岁月如梭，村长女儿渐渐老去，蛇神仍维持着当年长彦的俊美。

蛇神无法理解眼前的状况，因为神不会老，也不会死；村长女儿忍不住叹息，她知道自己即将离开人世，独留蛇神在这世上。蛇神不了解死亡的意义，他失去了池塘，除了陪伴在村长女儿身旁，已无处可去，只能待在周围都是人类的村庄。

村长女儿躺在病床上，流着泪对蛇神说：

“你是我的最爱，但我不得不跟你告别了。希望我离开后，你可以好好地待在这个村庄。”

“你要去哪里？”蛇神惊讶不已，握着村长女儿满是皱纹的手，“我和你一起去。”

“不行呢哪，你是神，我是人，虽然我们已经在这个村庄共同生活了一段时日，但我接下来要去另一个不同的地方……”

村长女儿安抚完蛇神就闭上了眼睛。无论蛇神怎么呼喊，她再也无法回答。

蛇神没有放弃，在村长女儿身旁守了七天七夜。村长女儿的身体变冷变硬，渐渐发出恶臭，蛇神这才明白村长女儿再也无法张开眼睛，再也不会说话，再也不会对他笑了。

蛇神不想和村长女儿分离，便变回大蛇，把她吞了下去。然而，他吞下的只是肉体而已，村长女儿的灵魂早已不在了。

村民看到一条大蛇从村长女儿家蹿出，全吓得腿软了。蛇神看也不看村民，便直接跳进神去河，游向上游的神去山。

蛇神在神去山上蜿蜒而行，时而叫喊、时而哭闹，因为动作太激烈，神去山天摇地动，树木跟着摇晃起来，有些树被连根拔起。

大山祇神很伤脑筋，忍不住问他：

“长彦，你在悲叹什么？”

“我的妻子离开了我，我太难过了。”蛇神答道。

不知道是不是因为不停地流着大大的泪珠，蛇神的身体渐渐干了，鳞片也快干了。

“那很简单，你再重新娶一个。”大山祇神说。

原来如此。蛇神恍然大悟，于是他下了神去山，沿着神去河而下，回到村庄，变回长彦英俊年轻的样子。

村里的年轻女孩立刻爱上了长彦，邀他回家翻云覆雨。女孩和曾是长彦妻子的村长女儿一样，有一潭清池，迎接着蛇神。

但是，长彦——不，是蛇神——立刻发现“不一样”。虽然女孩的池水清澈，却不见宁静温暖，无法让他安心。他不知道该怎么办，在混乱和失望之际变回大蛇，女孩尖叫着逃走。

之后，蛇神又和几个女孩云雨，但每次结果都一样，那些水池都无法镇定蛇神的内心，女孩都尖叫着逃走。

蛇神再也无法享受那曾经的美好了。

蛇神终于明白他的妻子——村长女儿说过“你是我的最爱”的意思，而自己也比任何人都爱她。和人类交欢，如果对方不是挚爱，就无法享受真正的愉悦。

蛇神再度来到神去山，对大山祇神说：

“我在这里住了好一阵子，观察着人类的生活，还娶了人类为妻，在村庄里和乐地生活，还留下了很多子孙。”

“那很好啊！”大山祇神点头应道，“你有没有找到新的老婆？”

“找不到。我失去了妻子，即使其他女人有相同的外形，但也和她不一样。我已经在不知不觉中有了‘心’，这颗心是和妻子一起孕育出来的，所以妻子离开我之后，无论和哪个女人交欢，都完全没有感觉。”

“真伤脑筋哪。”

“对啊，很伤脑筋。真不该与人类结为夫妻，我在村庄里很孤寂。”

“那你有什么打算？”

“我打算回没有人的地方，因为相隔太久了，所以有点记不清楚，但我们也有出生的地方吧？”

“有啊，我记得是遥远的天空哪。”

“嗯，我打算回那里。我会带着和妻子共同生活的回忆，好好休养。大山祇神，我有一事想拜托你。”

“什么事？”

“希望你可以守护村庄和村民。因为他们是我的子孙，而且，那些村民都很善良，希望你能够保护他们，过幸福的生活哪。”

“好，我和你相识多年，既然你有求于我，我答应就是了。只要村民信奉我，我就会保护他们，你就安心地神去吧！”

“感激不尽，那我走了，后会有期。”

“后会有期，路上小心哪。”

蛇神把后事托付给大山祇神后，从山顶上飞向天空另一端的故乡。

之后，那座山就称为神去山，俺们住的村庄叫神去村，大山祇神遵守了和蛇神的约定，一直保护着村民，只要俺们继续信奉他就没问题，世世代代哪啊哪啊下去。

“不管听多少次，都觉得这个故事令人难过呢哪！”

美树姐扭着身体说，但我感到不解。

“那些和蛇神上床之后又没被蛇神娶回家的女人后来怎么样了？”

“因为她们曾经和蛇神有过一腿，身价就暴涨了。”与喜嬉皮笑脸地说，“被村里的男人当成‘招运的女人’而结婚。”

“是吗？”

我无法接受蛇神的所作所为，况且，他还吃了太太的尸体。

没想到美树姐很生气地说：

“勇气，你搞不清楚呢哪。这个故事的重点，就是如果不是真心相爱的人，就无法享受到真正的鱼水之欢。”

“啊？是这样吗？”

“对啊，不信你问繁奶奶。”

“是啊，我和爷爷已经是很久以前的事了，真是美妙哪！”

繁奶奶回想着往事，露出陶醉的表情，这些肉欲横流的大人是怎么回事啊？

“勇气，没想到你年纪轻轻，这么清心寡欲。”与喜断言道，“难怪这么久了还搞不定直纪。”

哇啊，干吗扯到这件事！

直纪是我的梦中情人。她是佑子姐的妹妹，在神去小学教书。直纪喜欢的是清一哥，根本没把我放在眼里。虽然我努力在假日约她上山约会，但迟迟没有进展。

没关系，我也不是没交过女朋友，我很有耐心，愿意一点一点地拉近与直纪的距离。

直纪和我以前认识的女孩子不太一样，虽然我也说不清楚哪里不一样，反正就是不一样。只要直纪对我笑一笑，我的魂好像就要飘进春天的山里了；直纪生气的模样，好像秋天被枫叶染红的山一样美；直纪凶巴巴地说话时，就像冬天的山头戴上纯白色新娘帽般可爱。因为太可爱，让人不敢靠近，这也很像冬天的山。

一旦感受到直纪的温柔，就像夏天的微风穿越山林，抚在脸上，忍不住闭上眼睛，把稍纵即逝的微风全部吸进肺里，占为己有。

哇哦，我简直就是诗人嘛！恋爱让我内心涌现作诗的灵感。我在读高中时，曾经偷偷写过《本大爷诗集》。嘘，不能说出去哟！

与喜、美树姐和繁奶奶都睡了。这三天来，我每天晚上都在自己三坪[1]大的房间内猛敲电脑，已经写了不少。明天一大早还要上山工作，得赶快上床睡觉了。

以上是本次“神去村的起源”，各位觉得如何？

没想到神去村在很久很久以前是在水底的，太惊人了。这里群山环绕，地形的确很适合做水坝。不行不行，如果成了水

1　坪：日本传统计量单位，1坪约为3.3平方米。

坝，人类没地方住就伤脑筋了。

听到清一哥的祖先是蛇神，蛇神和人类结婚后沉迷于肉欲，之后又为了追求鱼水之欢而幡然醒悟，让人有一种“现在到底是怎样？”的感觉。虽然村民对大部分的事都抱着“哪啊哪啊”的态度，但这个故事充分展现了他们旺盛的生命力。

说到“现在到底是怎样”，就不能不说与喜和美树姐。繁奶奶说蛇神故事的那天晚上，我听到佛橱那里传来有点激烈的动静。真想拜托他们收敛一点，毕竟和我的房间只有一道纸门之隔啊！繁奶奶在隔壁睡得香甜，鼾声阵阵，她老人家果然是神人，隔壁房间在妖精打架，她居然可以呼呼大睡。

我头重脚轻地起身上了厕所，然后没有直接回房间，而是坐在开放的檐廊上。阿锯立刻发现了我，从狗屋走出来。

我摸着阿锯的脖子，仰望天空。虽然吐出的气还不是白色，但空气冰冷而清澈。天上的星星多得让人瞠目结舌，远方山上的树木发出沙沙的声响。

不知道直纪此刻在做什么。已经完成明天的备课，上床睡觉了吗？还是正在看电视，放松休息？话说这里的电视其实只有几个频道而已。虽然很想打电话给她，但在神去村，除了山顶，手机都收不到信号，够离谱吧？

没有手机，当然就不能发短信，更不好意思三更半夜打到她家里，所以有时候晚上想听听她的声音时，也只能想一想她，过过干瘾而已，或用念力把我的思念传递给她。但要是害直纪做噩梦，她就太可怜了，所以我用尽全力想了十秒“我喜欢你！”就赶快停住了。

不知道蛇神有没有顺利回到天空的故乡？现在仍想念着死去的太太，继续在天上疗伤吗？神明可能没有时间感，恐怕会因为太过寂寞，只能一直回忆而持续休养吧！

我深信蛇神并不后悔：不后悔娶了人类的太太，于是体会到繁奶奶说的“真正的鱼水之欢”；不后悔和早晚会死的人类接触，于是享受了短暂却幸福的生活。

我有这种感觉。

与喜打开檐廊的矮窗。

“结束了哟！”他得意地说，“抱歉，吵到你睡觉了。”

“美树姐呢？”

我小声地问。

“在睡觉。”

他神气地笑着回答。干吗呀？一脸沾沾自喜的样子。

真想赶快租房子，自己一个人住。如果可以和直纪一起住当然更好，嘿嘿！

我作势踢向嬉皮笑脸的与喜，然后回到了房间。

惨了，真的要赶快睡了。今晚就到此结束。下次有想说的事，会再回到电脑前。冬天快来了，一旦开始下雪，山上的工作应该就没那么忙了，到时候就可以常常见面，不要哭，耐心等我哟，宝贝！

唉，根本就没人会读到这文字啊！

反正，就这样喽！

第二夜　恋爱情事

时序进入十月，已经可以感受到冬天的脚步近了，大家好吗？（**请用安东尼奥·猪木的语气读这一句**[1]**，谢谢。**）

今晚有一则好消息，一则坏消息，大家想先听哪一则？

你们不觉得这种问题很令人火大吗？有点像联谊时“你几岁？”“呃，你觉得我看起来像几岁？”之类的白痴对话。根本没必要问年纪这种无关紧要的问题，而且还对无关紧要的问题装模作样地回答，实在太虚伪了。

可能我对“联谊时的年龄问答”反应过头了，因为我喜欢直纪。直纪比我大四岁还是五岁，赚的钱也比我多，我难免有点

1　日本职业摔跤选手安东尼奥·猪木的名言“元気ですか”（你好吗），语气坚定而激励人心。

自卑。

住在神去村，联谊就像外层空间的事那么遥远。村里除了直纪和我，根本没有其他未婚的年轻人，即使想联谊，参加者也只有直纪和我，这算哪门子的联谊啊？回想起来，我最后一次参加联谊是高三那一年的冬天……远离尘世已经两年，太痛苦了，裤裆里的宝贝快爆炸了，话说回来，在这里写这件事有啥用啊！

先别管联谊了，反正那是外层空间的事。“你觉得我看起来像几岁？”的调情（算吗？）也摆一边，赶快言归正传。我要用自己的步调，说真正想说的话！因为，这无关联谊，是我独自在电脑前写的文章……而空虚感快冲破我的胸膛了！

冷静，冷静！先说好消息：二十岁的平野勇气终于考到驾照了！有请得奖人上台，大家鼓掌欢迎！

我考的不是叉车或船舶的驾照，而是普通小客车（手动挡）的驾照。以后想去哪里就可以去哪里，还可以邀直纪去兜风。只是我没车，得向与喜借。

“直纪，让你久等了，抱歉，这是与喜的爱车。来，你坐副驾驶座吧，请上车。”约会时借别人的车子（而且还是小货车）接送，这种男人会不会太逊了？我知道直纪不太在意这种事，但我就是无法不在意。明知道在意这个很无聊，但我“年纪比她小，赚的钱又少，连在神去村生活不可或缺的车子也买不起”，她一定认为我很靠不住。

我就是会为这种事钻牛角尖的小男人，虽然一度下了决心……（**我究竟下了什么决心？请继续看下去。**）我要人如其名，鼓起勇气，正大光明地去邀直纪约会！

——说到哪里了？对了，直纪说我“小”，我快崩溃了。不，我还没让她看我的“小勇气”，那里应该是正常尺寸。哎呀，还是我总为了男人的尊严打肿脸充胖子，所以显得“小”家子气？天哪！我该怎么办啊？我变成迷你男了，叫起来好拗口……那换个名字，迷你居士？迷你鸡？喂喂喂，这一点都不好笑。

算了，就说坏消息吧！可能有人从刚才的内容中嗅出端倪，对，我和直纪吵架了！

与喜家在神去地区，走到位于中地区的直纪家大约四十分钟，但是，我太想见她，真的走路去找她了。那是一个星期前的事，那时候我还没考到驾照。

虽然我也可以拜托与喜开小货车载我去直纪家，或打电话给直纪，问她要不要来与喜家玩，但我觉得亲自去看她，可以让她感受到我的真心！而且，我也不希望与喜拿这件事消遣我。

那天收工下山后，回到与喜家差不多傍晚五点了。神去村在深山里，天黑得早，四周已经有点暗了。平时都是六点半吃晚餐，我假装去散步，跟与喜报备一声，说晚饭之前会回家。

途经小桥，沿着神去河往下游走。与喜肯定一脸怀疑地看着我的背影，我故意不回头看他。

穿越神去地区后，到中地区之前，沿途都没有住户。右侧传来河流的潺潺水声，山在左侧，杉树遮住了头顶上的天空。

说句实话，我心里很毛。神去村村民并不会在天黑以后出门，车子也很少经过（**除了村民，外人没必要走这种深山里的路**）。沿途没有路灯，伸手不见五指，谁知道山上什么时候会冲下来一只凶猛的野猪，或是不小心一脚踩空，掉进河里去。天那么黑，走在路上真的心惊胆战。

单程要走四十分钟，为了赶在晚餐前回家，即使见到直纪也只有十分钟可以聊天。我决定豁出去了。直纪如果知道我一路走去她家，搞不好会认真考虑，答应让我当她男朋友。超有心机吧？

让我解释一下。这一阵子因为忙着去驾校学开车，已经很久没见到直纪了。

我在六月中旬报名了驾校。梅雨季节时天气不稳定，我们就常常休息，所以比较有空，清一哥建议我“不如趁这个机会去考驾照”。

我的薪水几乎没怎么花过，因为吃住都在与喜家（**我付了一点伙食费**），村子里没有卖年轻人行头的服饰店，中村林业株式会社也提供工具和工作服。于是，我听从清一哥的建议，去驾校报名上课，况且，总不能一直麻烦与喜接送。我向清一哥预支一部分薪水凑足学费。

问题是我要怎么去驾校？因为神去村位于深山里，距离地方线电车终点站要一个小时车程，和驾校的接驳车行驶路线更是相差十万八千里。

正为这件事烦恼时，美树姐主动表示愿意接送我。美树姐有一辆红色小客车，平时都停在村庄集会所的空地上。

“反正我要去久居买菜，可以顺便接送。”

于是，我每次都搭美树姐的便车去久居镇上的汽车驾校。从村里出发，车程将近一个小时。有时候无法顺利预约到教练，加上我得去山上工作，就得费很大功夫才能挤出时间上课。

考取临时驾照之前的一切都很顺利，接着进入了夏天，是林务工作的繁忙季节，我只好暂时中断驾校的课程。

我向来讨厌也不太适应学校这种地方，但每天到驾校学开车很好玩。虽然也会遇到讨厌的教练，但在去程和回程的车上跟美树姐聊天、唱歌，真是超解压。我也帮美树姐提东西，在超市买菜，再把食材搬上车。我在驾校练车时，美树姐就去图书馆看书，或在咖啡店喝咖啡等我。

秋天，林务工作告一段落后，我又回驾校上课，开始练习道路驾驶。由于我驾驶技术还不熟练，一下子直接在马路上练习，让我压力超大，很耗体力。为了准备笔试，同时苦读讲义，也就是说，在本业的林务工作以外，我还有很多事要做，所以一直没见到直纪。

这样可不行，我深切地进行了反省。我和直纪还没有交往，虽然我已表白过，但直纪还在犹豫。直纪喜欢清一哥，但清一哥是她的姐夫，就是所谓的爱上有妇之夫。

不过，我猜想直纪并不只是这个原因才迟迟不答应。

她不怎么相信我是真心的，她认为是因为村里没有其他年轻女生，我只能吃她这个窝边草，才会向她表白。而且，她似乎还不确定我吃得了林务工作的苦，恐怕很快就会逃回都市。

这种观望的猜忌很可爱，我喜欢。

我无法消除直纪的疑虑。如果问是不是因为没有其他女生，所以才向她表白，我也只能回答“是这样吗？”。如果在女生较多的大都市遇见直纪，我的确有可能不会喜欢她，但又觉得直纪与众不同。自从喜欢直纪之后，我没有把她和其他女生比较过，所以对于这个问题，我答不上来。

至于何时会动放弃林务工作的心思，搞不好永远不会有这么一天，这件事只有神去的神明才知道了。反正我希望可以继续留在神去村，在神去的山上工作。

总之，我没办法证明，也无法向她保证，所以只能尽可能多找机会和她见面，否则直纪会更加不安，永远都不会接受我了。

所以，我决定走路到中地区，告诉她“我就要考到驾照了”。至于真相，是因为我太久没有见到她，自己快受不了了。

在伸手不见五指的路上走路感觉比白天更花时间，虽然通往中地区的路只有一条，但沿途还是忍不住担心：“不会是走进林道，在山里迷路了吧！”我吓得心跳加速。好不容易走到国道（**晚上只有狐狸会经过**）的路口，看到中地区的灯光出现在前方时，真的大大地松了一口气。

直纪住在大神社旁，那是她外公、外婆留下来的老房子，她稍微整理之后，目前独自居住。

在神去小学当老师的直纪是二年级的班主任，我想她应该已经到家了。直纪的爱车果然停在屋前空地的角落，那是一辆川崎摩托车。我瞥了摩托车一眼，走上几级石级，站在她家门口，深呼吸后，努力使心情平静下来。

“有人在家吗？”

我打了一声招呼后，推开拉门（村里没有人锁门）。

屋里一片漆黑，鸦雀无声。

没有预料到眼前的情况，我失望地关上了门，靠在玄关旁的墙上。月亮挂在杉树梢。难道连直纪一面都没见到，就要再走四十分钟的夜路回家吗？

这时，传来汽车的引擎声，一辆车子在直纪家门前停了下来。难道是直纪买菜回来了？但她应该只有摩托车才对……

我直起身体，站在石级上悄悄张望，发现直纪从一辆白色轿车（我对汽车和摩托的厂牌不熟）的副驾驶座下来。

“谢谢。”

直纪对着驾驶座道谢，从车内的轮廓判断，对方应该是个男人。紧急事件，紧急事件。我把脖子伸得像长颈鹿一样长，站在石级上探头望去，想看清楚对方到底是方还是圆。可恶！今晚只有细细的一条弯月。虽然光线太黑看不清楚，但那男人感觉不到三十岁。

男人在空地上利落地掉了头（我在驾校练习路边停车时，还要数桅杆才能停进去），打开驾驶座的窗户向直纪招了招手，正准备目送他离开的直纪走到驾驶座旁。

男人抬头对直纪说了什么，直纪微微斜倾笑了出来。

如果他们在这里亲吻，我当场就拿出菜刀切腹抗议！

下定决心后，我把脖子伸得更长，几乎准备要去找那个男人理论了。或许是我在黑暗中发功奏了效，男人终于准备开车走了。还轻按喇叭打什么招呼啊！现在是晚上，搞清楚没有？你这个猪头，别在那里耍帅了，赶快乖乖滚蛋吧！

我在心里咒骂着，突然发现自己好像被与喜的坏毛病影响了。直纪居然还对着驶远的车子鞠躬，她不是点头哈腰，而是挺直了背，看起来很慎重。

直纪是第一个让我觉得“帅气”的女生，我看着她出神，直到听见走上石级的她惊叫：

“啊！”

“啊！”她的叫声也吓了我一跳，跳起了大概三十厘米。

“搞什么，原来是你。”直纪双手放在胸前，调匀了自己的呼吸，“你怎么会在这里？差点把我吓死。”

“什么叫我怎么会在这里？哪有人这样问的！”我有点火大，没好气地回答。

隔壁邻居的厨房窗户打开了，一个中年妇女担心地问：

“直纪吗？怎么了？你刚才叫那么大声。”

“没事，阿姨，对不起。”

“没事就好，晚安。”

“晚安。”

直纪抓着我的手臂，拉到家门口，那里刚好是邻居家看不到的死角。这里的敦亲睦邻防盗保全措施很严密，虽然是乡下地方的优点，但这样根本没办法和喜欢的女生幽会。

“你又不是跟踪狂，事先不打一声招呼就来这里埋伏，被你吓得都折寿了。”

“我哪有埋伏？我来找你，你不在家啊！”

直纪打开玄关的门，纳闷地问：

“你找我有事吗？”

没事就不能来找你吗？也对，好像真的不行，我们还不是男女朋友。

我很不甘心，火大得不得了，语气从冷淡降到冰点以下。

“我已经把心意告诉你了，你不愿正面回应就算了，刚才那个男人又是怎么回事？”

“我哪有不愿正面回应呢哪。”

“啊？所以，你答应和我交往吗？难道我们已经在交往了？”

我明知急不得，但一开口还是忍不住盛气凌人。直纪把手放在玄关的拉门上，微微侧着身体，看起来手足无措，为难地垂下视线。

我重重地叹了一口气。直纪害怕似的抖了一下肩膀，我很自然地后退一步，和她保持距离。

“对不起。”我说，“我正在驾校学开车，很快就可以考到驾照了。”

“是吗？太好了。”

直纪终于抬起头，淡淡的月光刚好照在她脸上，太美了。

“我只是想告诉你这件事。”虽然有点依依不舍，但我又后退一步，“我回去了。”

“回去？对了，你怎么来的？不是与喜载你来的吗？”

“没有，我走来的。”

“走来？！”直纪似乎很惊讶，“就为了告诉我，你快拿到驾照了？”

直纪这种令人绝望的迟钝是怎么回事啊？亏她是个美女，

“嗯，对不起。”

听到我诚心道歉，与喜惊讶地抬起头。

“我不知你怎了，很心凉哟（我不知道你发生了什么事，你看起来很沮丧哟）！”

“没有，你想太多了。”

我避开与喜的视线，走向瓦斯炉。美树姐从饭厅走来玄关说：

“勇气，你坐吧！我这就帮你把味噌汤和菜加热。老公，你剪完指甲就去烧洗澡水。”

“好。”

与喜从长椅上站了起来，去屋后拿木柴，我觉得给美树姐添了麻烦很不好意思，乖乖地走去饭厅。

繁奶奶坐在矮桌对面，手捧着茶杯盯着我，就是人家说的“简直要把别人脸上看出一个洞”的那种“看”法。

“……干吗？”

我终于按捺不住，极不自在地转头看她。

“没事。”

繁奶奶说完，张开没有牙齿的嘴笑了起来。美树姐为我送来晚餐，我吃晚餐时，繁奶奶一直笑眯眯的，现在到底是什么情况！

第二天，我提前收工，中午过后独自下了山。美树姐的红色小车停在林道上等我。

“勇气，工作辛苦了。”

“对不起，让你特地绕过来。”

美树姐要去买菜，我搭她的便车去久居的驾校。

美树姐握着方向盘，车子在铺了碎石的林道上奔驰。小车开这条路很辛苦，上下震动得很厉害，感觉好像碎石直接打在屁股上，就连说话都会不小心咬到舌头，所以我们暂时没有聊天。

“要路考了，你会紧张吗？”

终于来到柏油路上时，美树姐问我。

“不会。”

“学到现在都很顺利吧？”

“对，我已经向清一哥预支薪水了，如果被迫加课，我能拿到的薪水又要变少了。”

“你真厉害！”美树姐语带佩服地说，“我考临时驾照时，第二次才通过。平时的技术课也有几次没过关，结果多付了三堂课的钱。”

虽然美树姐这么说，但她开车很稳。她踩刹车时很轻，转弯时小心谨慎，很难想象醋坛子开车可以这么安全而稳当。

“对了，勇气，你昨天去找直纪了？”

“果然被发现了。”

“嗯，大家都看出来了。昨晚我老公还很担心你，说‘勇气是不是被直纪甩了？’，叫我不经意地向你打听一下。”

美树姐，你根本是直接问，哪有不经意啊！没想到让与喜担心了，我想起今天在山上时，他在我面前很不自在，对我特别客气。回想起与喜上午的态度，我忍不住笑了出来。

“不能说是吵架……因为我太不成熟了，又莽撞又自卑，让直纪受不了。”

“你不必沮丧呢哪。”美树姐很开心地说，“直纪是个很不错的女孩子，只是说话比较直，你不可以退缩，要坚持下去。”

“是吗？”

“对啊，女人都很清楚，男人永远都长不大，如果无法看清这事实，根本没办法和男人交往。”

从美树姐也就是与喜的太太口中听到这句话，太有说服力了。

美树姐的小车沿着蜿蜒的山路而下，离开了神去村。神去河的河面变宽，两岸都是刚收割完的稻田。

遇到第一个红灯停下时（**神去村内完全没有红绿灯**），我从副驾驶座旁的窗户看出去，茶褐色的田里到处都是麻雀。

“美树姐，你和与喜从小就认识，交往和结婚前，你都没有任何犹豫吗？”

这种时候，还是得请教一下过来人，拟定作战方案，重新出击。

“倒是没有犹豫呢哪。”

“但他不是定不下来吗？”

“是啊！”美树姐露出微笑说道，“但除了与喜，我没有其他喜欢的人，我拿自己也没办法。”

我忍不住看向美树姐。绿灯亮了，美树姐一脸认真，轻轻踩了油门。

与喜是她的初恋，她的眼中只有与喜，然后和与喜结了婚，简直就是为与喜而活，难怪与喜去酒店玩，她会打翻醋坛子，变成嫉妒鬼。

“你想听与喜和我为什么会在一起吗？”

美树姐略带羞涩地问，似乎很希望说给我听。

“想听啊！”我回答。

美树姐握着方向盘，挪了挪身体坐直。

“村里所有人都知道人家喜欢与喜，不过人家从来没有说过这些事。不知道能不能说清楚，真伤脑筋。”

她自己提起的话题，却害羞起来。而且，她之前的第一人称都用“我”，现在变成了“人家”。

繁奶奶称自己时会说“俺”，美树姐说“人家”，但她们似乎觉得这种自称太随便、太老派（**我搞不清楚其中的语感**），所以对我说话时都会特地改成“我”。与喜是这么说的：“因为你都说东京话，所以她们在你面前装模作样。”（**正确地说，我在横滨出生，在横滨长大，说的是横滨话。**）如果我会说神去话，她们就不必特地为我费心，但话说回来，神去话也太难了。人果然很难摆脱从小说到大的母语。

“别这么说嘛，说给我听。”我推了她一把，美树姐终于娓娓道来。

原来美树姐从懂事的时候开始，就喜欢住在附近的与喜。这算是情史吗……

“人家的娘家不是在桥头开中村屋（**村民口中的百货店**）嘛，父亲在邮局上班，认识村里所有的人。与喜小时候也常来店里玩，童家（**年幼**）的时候，他爸妈经常牵着他来店里。”

“与喜的父母很早就去世了吧？”

我突然意识到也从没见过清一哥的父母。这是怎么回事？与喜和清一哥的父母应该和美树姐的父母同辈，比岩叔稍微年长，神去村似乎很少有那个年纪的人。

“嗯……”

美树姐露出沉痛的表情：“与喜不太愿意提起他父母，因为是令人伤心的往事，我想，你以后有机会知道的。”

她的意思是，在此之前就不要打听吗？我没有追问。

“与喜每次来店里，”美树姐恢复了开朗的语气，“就背着大人们，偷偷把店里的糖果塞进嘴里，或是翻人家的裙子。”

“原来他从小就这么坏。”

“嗯，但其实他心地很善良。只要有其他男生欺负我，他就会去揍他们，偶尔会去摘花或抓泽蟹送我。”

真是个粗鲁的故事，与喜根本没花一毛本钱，就博得美树姐的欢心。

听美树姐说，与喜比她大两岁，两个人都读神去小学和神去中学。

“当时神去地区就没什么小孩，所以，与喜既是玩伴，也像大哥。当然，人家一开始就把他当异性看待。”

“清一哥呢？”

“清一哥比人家年长好几岁，而且是未来的东家，总觉得难以亲近。”

是这样吗？清一哥明明气质出众，也很有智慧，又温柔体贴，比与喜好太多了。还有，清一哥家里超有钱。

看来美树姐喜欢的是那种看似可以徒手掐死野猪，抓起杂草就往嘴里塞的野性男人。既然看对了眼，旁人也没什么好说的。我这么告诉自己，继续听美树姐说下去。

“与喜无论在小学和中学时，都有很多女生追他，即使人家一次次说喜欢他，他都一笑置之。”

嗯？有那么多女生喜欢野性男人吗？……在我对自己越来越没自信之际，美树姐已经打翻了醋坛子。

“与喜第一个对象，是一个从外地回到下地区的女人。当时她三十岁左右吧，长得还算漂亮，又很骚，但带刚上初中的男生回家，也未免太那个了吧？”

“这根本是犯罪。”

“对啊！与喜却乐不可支地加入犯罪行列。”

美树姐方向盘一转，灵巧地超越了一辆行驶在县道上的中型货车。拜托你，保持冷静……

“人家当然不可能轻易放弃，与喜去松阪读住宿高中时，我也去了松阪。”

“你们高中也读同一所学校？”

“怎么可能！与喜读的是放牛高中，你别看人家这样，人家的功课很好，读的是松阪高中。”美树姐很神气地说。

我之前读的也是放牛高中，所以坐在副驾驶座上很不自在。美树姐也读了大学，在嫁给与喜之前，一直都在津工作。

“与喜高中时仍然很花，每次看到他，身旁就换了一个女生。人家在校门口等他，他每次都吓到。”

美树姐轻轻笑了起来。

“这根本是跟踪狂嘛！”

我完全不提自己之前的行为，忍不住呛她。

“才不是呢，是因为爱而情不自禁。如果不这么做，与喜早就忘了人家。”

会吗？我觉得与喜现在也动不动就在意美树姐，当然，也可以解释为他很怕不小心又引燃了美树姐的妒火。

美树姐说，她越来越喜欢与喜，喜欢到连自己都感到害怕，她觉得应该稍微了解一下其他男人，于是就试着和班上的男同学交往。

“但是，完全不行。接吻还勉强可以，就是没办法发展到下一步。满脑子都是：和与喜在一起应该更开心。”

“我和与喜一起工作，明明很累人啊！”

“那是因为你是男人，与喜很懂得取悦女人，讨女人的欢心。”

她是说床上的事？我忍不住偷瞄了美树姐一眼，她似乎猜透我在动歪脑筋，立刻澄清说：

“傻瓜，我是说整体啦！”

与喜高中毕业后回到神去村，在中村林业株式会社上班，至今为止，和清一哥一起走遍了神去的山。

“与喜离开松阪后，人家急死了。因为他回村庄后，可能有人会安排他相亲，也会有女人去勾引他，一旦他结婚就完蛋了。”

“我觉得他像是那种希望一直不结婚，可以花心一辈子的人。”

“勇气，你想得太单纯了。别看与喜那样，他很向往家庭生活。他的理想是随便找个女人凑合一下结婚，家庭和和乐乐，在外面又可以随心所欲地拈花惹草。”

“好烂啊！”

“嗯。”美树姐露出有点难过的表情，“但是，这也没法子，因为他很怕孤单。”

“与喜并没有觉得你是凑合的女人。”我慌忙说道，“他最近都没有去玩。”

“是啊，多亏了你来神去村帮忙。”美树姐笑了起来，“人家也觉得只有人家才配得上他，无论性格、想法和之前经历过的事，没有人比人家更清楚了，只不过……”美树姐说到这里，叹了一口气，“结婚多年，我们还是没有孩子，总觉得很对不起与喜。”

原来美树姐想要生孩子。听到意想不到的真心话，我有点慌了神。

“美树姐，你不必自责啊！我从来没有听与喜说他想要小孩，况且，你们还年轻，一定可以的。”

“是啊……曾经有一阵子我们一起去医院，但医院太远了，人家的治疗很辛苦，最后与喜就说：‘不必这么痛苦，别治了。’还说：‘会生就会生，反正我只要有你就够了。’”

那个粗人与喜竟然会说“我只要有你就够了”这种甜言蜜语……看来他和美树姐单独相处时，一定时不时把爱挂在嘴上。正因为平时就常常用直球攻击，所以晚上恩爱的频率也很高吧！

我快被这对夫妻爱的闪光弹闪瞎了，赶紧抓了抓脸。

“呃，你还没说你们怎么会交往的。”

“对，对。”美树姐羞红了脸，“是因为赏樱大会。”

清一家的后山有一棵名为神去樱的大樱花树，神去村的村民每年都会在樱花树下举行盛大的赏樱大会。我去年也参加了，村民们把酒言欢、又唱又跳，好不热闹。

我记得岩叔曾经说：“与喜在赏花的时候，把美树按倒在树丛里……”听说与喜当时是高中生，那时候毕业了吗？但不管怎么说，美树姐还是高中生吧，与喜根本犯了和未成年少女性交罪啊！

这种兽行居然成为他们交往的契机？

我的不祥预感成真了。美树姐说：

“赏樱大会那次已成定局，是人家逼他表态的，‘要不要做，现在马上就决定’。”

这对夫妻也太直接了吧！事情的来龙去脉是这样的。

美树姐在举行赏樱大会的那个周末回到村庄。赏樱大会上，与喜主动找当时还是高中生的美树姐说话。

“听说你最近和松阪高中的小鬼在交往？因为我这个眼线离开松阪，你爸妈又不在身边，所以就豪放起来，这样是不行的哟！”

“你有什么资格说人家？而且，你怎么知道人家和别人交往？”

“松阪有很多我的小弟，即使我现在不在，也可以听到消息。总之，你别做一些会让你父母担心的事呢哪。”

“人家才不像你，清白得很。况且，如果要让父母放心，最好的方法就是你把人家娶回家。”

“你又说这些……”

“为什么不行？你讨厌人家？”

“怎么可能讨厌你？我从童家时就认识你，根本没办法把你当成那种对象哪！”

“那你就少啰唆，之前说过很多次了，人家眼中只有你。如果你还不愿意，那也没法子。回松阪之后，人家要到处找人做！”

“干吗这样！”

“因为人家不想一辈子都当处女。”

“傻瓜，即使这样，也不需要到处找人做呢哪。和自己喜欢的男人做就好哪！”

“除了你，没有其他喜欢的人了，别人要喜欢人家，人家也很伤脑筋。所以，如果你不和人家做，人家就去到处找人做。”

“怎么说这种话？真是的……”

“而且很快就会被黑道盯上，不知道会被卖到哪里去。”

“怎么可能？”

“怎么不可能！即使你只把人家当成青梅竹马也没关系，但如果你不希望人家一步错、步步错，从此万劫不复，现在马上决定，要不要和我做？”

太猛了！我坐在副驾驶座上忍不住笑了起来。

“这根本是恐吓嘛！”

“嗯，是啊！”

“结果，你们真的做了吗？”

“与喜以为只要和人家上一次床，人家就会罢休。神去村就这么大，又是从小一起长大的玩伴，只要他不承诺，搞不好人家会慢慢把注意力转移到其他男人身上。”

“但你们是因为那一次就开始交往了吧？”

“没有，那次之后，与喜就没再碰人家。即使回家遇到了，他的态度也很冷淡，人家好难过。”

美树姐的车子已经来到久居町，驾校的建筑物就在前方。

“勇气啊，”美树姐好像突然想到了什么，“有人一次就满足的吗？如果一次也没做，那也就罢了，和自己喜欢的人发生关系之后，正常人不是还想有第二次吗？”

我抱着双臂思考起来。

“是啊，很少听到有人做了一次之后，就没下文的。一旦跨过最初的门槛，之后的标准就会降低，很容易变成‘算了，和这个人继续搅和下去’。”这时，我猛然惊觉，“美树姐，你该不会和与喜做了之后，降低了标准，整天和男人鬼混吧？”

“呵呵……你说呢？”

美树姐把车子停在驾校门口。“回家的路上再告诉你后续哪，路考加油哪。”

喂！干吗吊我胃口，这样我根本没心思考驾照啊！

我的驾驶技术可不是吹的，即使美树姐吊我胃口，我的路考也照样一次过关。

美树姐开车来接我时，我笑着向她挥手。

“你通过了吗？恭喜啊！”

“谢谢，改天还要去驾校的考场笔试。”

“天涯海角都可以送你去，这个周末怎么样？”

美树姐一脸兴奋，为我终于从驾校毕业感到高兴。“我就知道你一定会通过，刚才在超市买了鲷鱼和牛肉。”

“哇，要煮大餐啦！”但是，我有更在意的事，“呃，你的故事还没说完……”

“是啊，是啊！”美树姐点了点头，“你放心，人家上大学时，在津的公司上班时，都没有和任何人交往，因为人家对与喜以外的男人根本没感觉。”

“你差一点一辈子只做了那么一次哟！”

“嗯，但是，与喜的优点就在于他不会丢下人家不管。”

美树姐陶醉地看着挡风玻璃外被暮色笼罩的天空。喂，开车要看前面啊！

“人家独自住在津的第四年，与喜突然上门。”

“这家伙还真想干吗就干吗，你让他进房间了吗？”

“对啊，毕竟是自己喜欢的人嘛！”

与喜喝着美树姐为他倒的茶说：

“怎么样？你终于知道除了我，还有很多其他好男人了吧？”

“不知道，因为人家只知道你而已。”

隔着桌子坐在对面的与喜默然不语地看着美树姐，然后放下茶杯（他还抢走美树姐手上的杯子，放在桌子上，这家伙果然想到什么就做什么），站了起来，拉着美树姐的手走到床边。

“与喜说：‘我服了你。既然你长大成人依然没有改变心意，就代表这选择是对的，我也认定只有你了。’于是，人家就和与喜结婚了。”

“只是结婚之后，与喜就不再是只有你而已了……”

我脱口说了这句话。

“对啊！”美树姐怒发冲冠，“你不觉得他很可恶吗？太让人生气了呢哪。”

惨了，惨了，我打翻了她的醋坛子。

“啊，不好意思，但现在你真的是他的唯一了。”

幸亏我及时提醒转弯，才终于避免追撞和飙车的危机。真希望赶快拿到驾照，我一定要自己开车，不能把性命交到别人手上。

离开了久居的闹区，驶向神去河上游时，天空已经完全暗了，沿途车子越来越少，虽然车尾灯的光点减少了，但星星在天上眨眼。

“人家为什么要跟你说和与喜的事啊？”

美树姐开车时，忍不住偏着头问。根本是她自己先说起的啊！我没有搭腔。

“想起来了，是因为你和直纪吵架。”

谈话终于回到了原点。

“算吵架吗……”

“等你拿到驾照，可以去约直纪。”美树姐亲切地说，“不管是与喜的小货车，还是这辆车，都可以借你。”

“不知道她会不会答应。”

“不用担心，听了我的话你应该知道，谁认真，谁就赢了。”

啊，她又改说“我”了。

“美树姐，我终于知道了，虽然你和与喜平时吵吵闹闹的，但其实彼此喜欢对方已久。”

“你嘴巴真甜呢！”

美树姐咴咴地笑起来时的确很迷人，也充满了活力，难怪与喜这么爱她，最后对她全面臣服。

尽管美树姐认识很多人，也花了很长时间思考，但仍然没有改变心意，说明她对与喜的爱并不是误打误撞，也不是因为村庄里没有其他年轻男人。

生命中的唯一。在人口骤减的神去村，美树姐以超高的概率遇到命中注定的那个人，而且用强势的态度让与喜知道这就是他们的命运。

这种想法会不会太娘娘腔、太浪漫了？

我可不能退缩，要勇敢地邀直纪去兜风，下次要抬头挺胸地告诉她：你是我的唯一。

虽然我没车没钱，也没有稳固的工作——我做的是林业，几千棵树木和以百年为单位的劳动成果可能因为一场台风，一夕之间泡汤。从这个角度来说，感觉像赌博，日常的工作内容既辛苦又危险。

但是，这份工作很有意义，重要性丝毫不输给学校的老师。

直纪很清楚这一点，我却因为之前看到送直纪回家的同事就自卑起来。

美树姐的醋劲似乎平息了，车子开得很稳，一路驶向神去村所在的深山。

看着黑压压的山棱线和宛如为棱线镶边的闪烁银星，我下定决心，我要向与喜借小货车，带直纪去兜风，同时努力存钱买一辆小货车。我要让直纪了解我的真心。

决定之后，突然感到振奋，无法不坐在电脑前写下来。

好，加油！至于直纪会不会答应我去兜风呢？且听下回分解！

第三夜　东家

我是各位日思夜想的平野勇气，哪啊哪啊（神去话，原本是“慢慢来嘛”“先别急”的意思，但打招呼表示“天气真好啊”或是“你好”时，也会说这句话）。

今年冷得特别早，每天晚上都吵得像乐团表演的虫鸣声已经消失。随着冬天的脚步接近，村子里渐渐变得安静，很快就会被白雪笼罩。

十一月之后，在海拔高的山区，树叶开始变红。不过神去村周围的山几乎都植了树，一整片的杉树或桧树即使冬天也不会变红，放眼望去，大部分仍然是一片绿色。

只是这种绿色和初春那种清透的绿，或是盛夏那种醒目的油绿不一样，是带有一点黑的深沉颜色，在厚实的白云下，准备迎接冬天的到来。只有零星几棵叶子掉了的阔叶树点缀其间，从山顶一带开始，渐渐变成红色或黄色，逐渐向山下延伸。

针叶林中为什么会出现阔叶树？其实是有原因的。

第一，特地留下来作为山林界线的记号。

有时候，一座山并不一定属于同一个人。清一哥虽然有好几百座山，但大部分山林主只拥有山的一部分。比方说，某座山东侧斜坡是A的，西侧属于B。

当然不可能用绳子划分界线，所以就会留下一棵阔叶树。这棵柜树东侧的杉树和桧树统统是A的，西侧的属于B。如果用标识或广告牌区别，可能会生锈或腐朽，但阔叶树却可以落地生根，生长几百年，而且在一片整齐的针叶树中，唯一的一棵阔叶树格外醒目，所以便成为天然的界线（虽然只是一个点而已）。

第二，该区无法植树。

山上的斜坡并不平坦，有很多凹凸不平的地方，曾发生过的山崩有时候会导致斜坡的一部分凹下去一个大洞，或会留下巨石。

这种地方当然不易种植杉树或桧树。倒是与喜力大如牛，搞不好可以把大岩石推开。

神去村一向遵从“哪啊哪啊”的精神，觉得“在这里植树，要花费很大的力气”时，就会决定“算了，算了”。但是，在有些不只是斜坡，反而更像悬崖的地方，他们会毫不退缩地种下杉树和桧树树苗。尤其是与喜，不仅力大无比，还胆大包天，背着装了很多树苗的竹笼，在简直把我吓得屁滚尿流的山崖上，照样大步往下爬。

然而，并不是所有林务工作者都具备与喜那种猴子般的运动能力，在难以种植树苗的地方，就会留下阔叶树，有些色彩鲜艳的树叶格外赏心悦目。

第三，山林主放弃林业。

清一哥之前曾经叹着气说，如今很多木材都依赖进口，影响了日本的林业发展。林业绝对不是高报酬率的生意，许多山林主也不再从事林业。如果山上有植林，为了使山林保持良好的状态，往往会委托中村林业株式会社或林业工会代为养护，但有些山林主在杉木和桧木出售后会表示“不必种新的树苗了，林业赚不了钱，我放弃了”。

于是，斜坡上就会出现空地。首先会有蕨类生长，然后，鸟和风会带来树木的种子，树木开始生长。经年累月后，就自然形成一片阔叶树林。

有时候，蕨类生长得太茂密导致树木无法生长，或是生命力旺盛的竹子占据整片山坡。这时，清一哥就会和山林主交涉，买下那面斜坡或用友情价代为管理。虽然赚不了什么钱，但砍下蕨类和竹子，就可以一点一点地进行养护工作。无论阔叶树或是针叶树都没关系，如果斜坡不种树木，山崩的概率会增加，鸟兽找不到地方栖息，山上也无法蓄水。

因此，即使是种植了针叶树的山林，有时候仍会有一小片阔叶林区。

第四，不能轻易砍伐的阔叶树。

植林之前，会砍掉原本生长的阔叶树，但正如岩叔所说，“偶尔会遇到神圣的树木，不能随便砍伐”。

目前为止，我还没见过这样的树木。神去村的林业从江户时代就很发达，所以现在几乎没有完整的阔叶树林。

不过，山里仍然有“神木”级的巨大樟树或柜树。在山里工作时，偶尔会在一片针叶林中，见到一棵树威风昂然地展着枝叶。一旦遇到，三郎老爹和清一哥总是奉上少许水或茶，合掌而拜。这举动不仅是因为信仰，更像是对长辈的尊敬或打招呼。

在山里工作只能靠自己和同组的伙伴，但有时候还是会不可避免地遇到意外或天气骤变，所以很自然地会敬重山神和大树。虽然说“最后还是得靠神明”这种话听起来没资格当现代人，但林务工作的确危险重重，有时候不得不依靠运气和神明的力量。

岩叔在二十多岁时，差一点误砍南山深处一棵巨大柜树。

“那一带放弃植林多年，”岩叔说，“斜坡上全是阔叶树，为了种植杉树苗，我们砍掉很多栗树和枫树，后来就看到了那棵柜树。”

据说树干粗得要三个大人才能抱住，枝叶非常茂密。

“可能是之前植林时作为界线树留下的，结果越长越大，成了巨木。”

“当时的组长是杉下哥，他已经过世了，技术高超，但笃信神明。”三郎老爹插嘴说。

“是啊，是啊！”岩叔很怀念地点着头，“只要一生气，拳头马上就挥过来了，所以他的绰号就叫‘拳头’。”

这绰号还真好懂……幸好我们的组长清一哥不用拳头号令，而且怎么听起来很像与喜，以后干脆也叫与喜“拳头”好了。

当时还年轻的岩叔和已经是中年人的三郎老爹，在巨大的柜树前摩拳擦掌，浑身热血沸腾，心想终于可以砍倒这么大的树木了。

但是，拳头哥的反应和他们完全不一样，他先安抚了岩叔和三郎老爹的兴奋，再把水倒在柜树的根部，蹲下身双手合掌。起身后，他微微低头，在柜树周围绕了两圈，倾听树叶摩擦的声音。

然后，他站在迫不及待的岩叔和三郎老爹面前说：

“这棵树守护了这座山的斜坡多年，山里的神已经附在树上，保护周围的树木和野兽免受暴风雨和积雪的危害，俺反对砍这棵树。”

“老实说，我当时心想：‘什么鬼话！’我和三郎老爹都反驳道：‘别说傻话了。如果按你那么说，根本没办法工作了呢哪。你不砍没关系，我们自己来，你闪一边去。’”岩叔说。

岩叔和三郎老爹拿着新买的链锯（当时已开始使用轻巧可携的链锯），一鼓作气地走向柜树。

“奇怪的是，我突然肚子痛。”三郎老爹偏着头说，“我蹲在草丛旁，叫着‘肚子好痛！肚子好痛！’，根本没办法动弹。”

“我看到之后，不由得浑身发毛。”岩叔继续接下去说，“拳头哥笑着说：‘看吧，谁叫你们不听老人言。’最后，我们终于放弃砍那棵树，全组人向柜树鞠躬道歉。结果，三郎老爹的肚子居然就不痛了，很神奇吧！”

之后，他们就把那棵柜树视为神木百般尊敬。虽然那棵柜树很厉害，但因为肚子痛而创造了传说的三郎老爹也超猛的。

“原来天底下真的有那么神奇的事。”

我咬着午餐的特大饭团（美树姐做的）说。虽然我不太相信柜树作祟这种事，但肚子痛的当事人此刻正坐在我旁边喝茶，我也只能相信。这是那天我们在西山打枝，在半山腰午休时听到的故事。

“南山目前还有神木级的柜树。”清一哥补充道，“你之后也有机会去南山，到时候别忘了拜一下树头。”

“好。”

我点了点头。阿锯在一棵四十年树龄的桧树树根处用力嗅着什么。

“想要砍大树时，真的会感觉不对劲，想起来心里就有点毛毛的哪。”

“有什么好怕的。”躺在斜坡上的与喜说，“只要礼数周到，该砍的时候还是得砍，如果感觉怪怪的，就干脆避开。”

“与喜，你也曾经砍倒不少大树，没有遇过像三郎老爹那种事吗？”我问与喜。

与喜用手指揉了揉鼻头说："没遇过啊，只有一次不舒服哪。"

"只是中暑而已。"清一哥苦笑着说明，"那次是盛夏季节，我们分头割杂草，午休时，与喜迟迟没有出现。我去找他，才发现他满脸通红地倒在草丛里。"

"我不知道自己中暑了。"与喜坐了起来，摸着回到他身旁的阿锯的头，"当时，电视和报纸不像现在经常宣传如何防止中暑。我在树林里拼命割草，突然觉得天旋地转，地震？脑袋里才闪过这个念头，就失去了意识。醒来时只看到一片蓝天，原来我晕倒了。"

"是清一哥救了你吗？"

"没有，那时候清一还没来呢！我坐了起来，心想是怎么回事啊，就抽了一支烟，让心情平静下来。"

"这怎么行？"我惊讶地说。

"是啊，的确不行，"与喜点了点头，"结果，才抽了一口，又开始天旋地转，再度倒在草丛里。当我再次醒来时，发现清一正急着把烟蒂引燃的火苗踩熄。"

"这个人就会惹麻烦！"清一哥叹着气，"我明明一再叮咛，在山上抽烟时要特别小心，差一点就引发小火灾了。那次之后，我们这一组在山上时就全面禁烟了。”

“话说回来，你这个人也太无情了。”与喜显得很不满，“我都已经晕倒在地上了，你竟然不看我一眼，先跑去灭火。虽说着火了，但只是草尖烧焦了一点而已。照理说，应该先关心从小一起长大的伙伴：‘你怎么样？没事吧？’”

“我是为了防止火势延烧到你身上，你不感谢我，居然还抱怨。”

无论性格和想法，与喜和清一哥都天差地远。

如果要用一个词形容与喜，那就是“乱来”，他从来没办法好好待在一个地方。比方说，收工后回到家里，与喜在玄关磨斧头，我在旁边的厨房帮忙美树姐做晚餐，这样的画面是不是很和谐？但是，当转过头准备叫与喜吃饭时，才发现他已经不见人影。他常常这样偷溜出家门，开着小货车去镇上喝酒。

美树姐每次都气得发抖，繁奶奶对着神桌或祖先牌位拼命拜，我则坐也不是、站也不是。至于与喜那家伙，每次都在三更半夜，得意扬扬地请代驾者开着小货车载他回来。偶尔也会发生代驾者只送了小货车回来，人却不见的情况。一问之下，才知道“你先生中途跳下车了”。

美树姐的怒火达到顶点，几乎一整晚都没合眼，繁奶奶也很受不了地仰天感叹："俺真希望一觉睡到永远，再也不要醒来。"至于我，只好出门去找与喜。

与喜在中途跳车，照理说，我们也只能在家等到天亮，但与喜通常都会在家附近的神去河畔睡觉。至于为什么要睡在河边，我就不知道这位醉鬼在想什么了。美树姐怒气冲冲地说：

"车子到家前逃走，是这么不想看到人家吗？"

美树姐的怒气足以让神去山增高三十厘米，但据我的推测，"应该是相反的情况，他觉得快到家了，放心了，胆子就大了，所以才会跳车"。

总之，与喜躺在被露水沾湿的河边草丛中，以岩石为枕，鼾声如雷。夏天时，等于在喂蚊子；冬天的话，正常人早就冻死了，但与喜本来就不是正常人，所以一脸幸福地睡得很香甜。但在夜色中，不得不背着与喜回家的我就惨了。不知道为什么，每次这样的夜晚，就有很多星星在天上眨眼，似乎在守护沉睡的与喜。

与喜向来不在意他人眼光，也不把家庭放在心上，但清一哥是个做事很有分寸的人。

他是东家，虽然年纪很轻，但在村子里一直是领导者的角色，中村林业株式会社的经营也很顺利。佑子姐和山太充分信赖清一哥，清一哥去名古屋办事时，佑子姐和山太总是挥着手，目送清一哥的小货车远去。如果换成是与喜，美树姐一定会怀疑“真的是去出差吗？是不是去玩女人呢哪”。清一哥在山上吃的便当，也是佑子姐精心制作的，配色动人、营养均衡，看得让人口水直流。

清一哥很少在我们面前提到家人，但仍可以感受到他很重视家庭。在山上工作的空当，他经常会捡起圆滚滚的橡实，磨得光滑透亮，或是采一些木通的果实带回家。看到地上有雉鸡的漂亮羽毛时，他也会开心地捡起来，插在工作服屁股后方的口袋里，八成准备带回去给山太或佑子姐。我不禁想象着他们一家三口欣赏着漂亮的羽毛，平静互诉一天发生的事，把牙签插进橡实，做成陀螺给山太玩的情景。太温馨了。清一哥的家庭和与喜家不一样，有一种宁静和平的气氛。

虽然两人在各方面都南辕北辙，但与喜和清一哥的感情很好，搞不好能成为神去村七大奇事之一。在山上工作时，我曾经好几次目睹他们不用开口，彼此合作得天衣无缝的景象。与喜爬上桧树打枝时，只要稍微偏一下头，树下的清一哥就会立刻把绳子丢上去。看到他们的举动，我才注意到“这棵树的树枝的确长到旁边那棵桧树上了，如果不用绳子支撑后再打枝，旁边那棵树的树枝便会因为这棵树树枝的重量而折断”。

午餐时间吃便当时，与喜经常偷袭清一哥的菜。清一哥通常都不吭声，继续低头吃饭，与喜把抢来的菜当成自己的，吃得顺理成章。但是，如果那天便当的配菜是炸鸡块（清一哥的最爱）时，情况就不同了。清一哥会用便当盒的盖子挡住与喜的攻势，但与喜还是能伺机抢走鸡块（与喜的动作异常敏捷）。抢走之后，他单手拿着自己的饭团，迅速逃离清一哥身旁（鸡块已经塞进嘴里）。清一哥每次都懊恼地捡起地上的杉叶丢他，三郎老爹总是忍不住骂他们：“别闹了呢哪！都几岁的人了，还像童家一样打打闹闹，灰尘都跑进便当了。”

原来这就是从小一起长大的感觉。有时候会觉得与喜和清一哥仍然像小时候那样天真无邪地嬉闹，但有时候又像知己知彼的成年人，一脸严肃地讨论事情。我没有从小一起长大的朋友，无法体会他们之间的默契和距离。

在都市中，很少有人从小一起长大，甚至长大后还进同一家公司。人们通常会因为升学或父亲调职而渐渐疏远。都市有很多工作机会，即使有从小一起长大的玩伴，也几乎不可能做相同的工作。所以，他们既令我羡慕，偶尔又有点担心他们的交情会出现裂痕。一想到也许是因为我没有真正的朋友，就不免有点失落。

与喜和清一哥已经视彼此为家人，所以搞不好根本没想过“友情是什么”这个问题。

我一边听着他们“你这个人太无情了”“我先救火有什么不对”的对话，一边看着远方山上唯一一棵枝头满是红叶的树木，同时还吃着饭团。红叶宛如夜晚孤零零的烟火，又像漂浮在黑暗海洋上的鬼火，但丝毫不会令人害怕，反而有一种令人怀念的感觉，美得让人挪不开眼睛。

目前的工作不像夏天那么累人，读到我看着刚开始变色的红叶美景，煞有介事地思考着“朋友到底是什么？”，一定以为我过得很悠闲吧？各位想得太简单了！我可是每天都忙得不可开交。

因为我得开着小货车，跑遍村头村尾，而工作服胸前的口袋里当然没忘记带上亮闪闪的驾照。我的开车技术足以让全村哭泣（借用一下电影宣传手法）！就连喜欢调皮捣蛋的猴子，也只能趴在地上为我让路！

虽然我开车技术还不太稳，但至今为止我开与喜的小货车运稻草时，从来没有撞到任何动物（神去村的动物比人多太多了，如果不小心，撞到的概率相当高）。

稻子收割后，稻草就留在农田里，堆得高高的，风干之后，以前的人会用来做草鞋、引火，或喂牛马，或铺在牛棚、马厩里。现在的稻草几乎没有实用价值，所以通常只能烧掉，但其实稻草的需求并没有完全消失。

这时候，轮到我勇气大展身手了。傍晚，每天山上收工之后，我就打工送稻草。我想多存点钱，赶快买辆小货车。

我把稻草放在小货车的车斗上，送给需要稻草的人。村里有很多老人，对这些爷爷、奶奶来说，即使是干稻草，搬上搬下仍很辛苦，所以我接到不少“需要稻草”的委托。我们这个组的成员几乎没花什么时间，就把“只要您有需求，勇气会把稻草送到府上”的消息传遍了全村。口耳相传的威力太惊人了。

我从那里的农田送到这里的牛棚（村里有两户养牛的人家），送给喜欢编草鞋的老太太，送给铺在田埂防寒的农户。每天差不多要送一两户人家，我天天都很卖力地送稻草，有时候也会顺便绕去直纪家。她心情好的时候，会坐在小货车副驾驶座上陪我。

我们行驶在渐渐向晚的村庄道路上，两个人齐心协力，把稻草搬进需要的人家中的仓库，回程时特意绕点远路。有时候两个人几乎不怎么说话，有时会聊各自工作上遇到的事，或生活中发生的好事。

哇噢，气氛太赞了。我很想打开小货车的车窗这么大喊，但当然要克制住。即使狭小的车内只有我们两个人，我也装出一副“平常心以对”的表情，努力在轻松自然的气氛下和她聊天。

直纪有时候会陪我在“神去休息站”的停车场练我还有待加强的路边停车。休息站已经变成当地大婶的休息场所，停车场当然几乎没有其他车，我必须在脑内模拟停满整排车的画面。如果想在神去村提升开车技术，绝对需要充分的想象力（**比方说，假设前后各有一辆体积都很大，一旦擦到绝对会吃不了兜着走的大奔驰……**）。

直纪跳下小货车，开始指挥：“后退三厘米，来，停！把方向盘向右打到底，再退十二厘米，来，来，停，向左切三十度再后退。”老实说，她的指示超难懂，神去小学的学生听得懂她上课吗？不过，我还是心存感激地听从直纪的指挥。要是我倒车时不小心开到格子外，她也从来不会惊慌失措或大呼小叫，只会说：“哎呀呀，好，重新来一次。先前进两厘米再倒退，来吧！”这种时候，我就觉得“直纪真的太正点了”。

只是直纪可能担心自己的生命有危险，所以每次都站在离小货车超远的位置。与喜看到小货车的车斗撞到树木的痕迹，拿起斧头对我大吼：“哇，勇气，你搞什么鬼啊！”我只敢躲在繁奶奶身后，连续说了三十次“都说对不起了嘛”。

我不光因为短期打工而忙碌，还因为最近整个村庄渐渐热闹起来——大山祇神祭的日子近了。

去年举行四十八年一度的大祭时，把我整惨了（**那次应该是我至今为止的人生中，离死亡最近的经验**），今年只是正常规模的祭典，所以相对比较轻松。

不过，神去村所谓的“正常”规模，在祭典当天，一样要在深夜去河里净身，还要登上神去山砍大树。这次预定砍伐树龄两百年左右的栗树。今年由中地区的小组负责伐倒，我所属的神去地区中村清一组则是前哨。祭典当晚，我们要拿着锡杖，提着灯笼，走在队伍的最前头。想到我们这组人必须成为路标，走在漆黑的神去山、夜晚的神域，紧张和兴奋同时袭来。

祭典还有各种前哨战，一个多月前，到处就已能看到各种意义不明的仪式。人们在田里建了望楼，在望楼周围跳舞；还在神去河旁拉起了用草绳编成的注连绳避邪。身为东家的清一哥几乎要参加所有仪式，比我忙碌一百倍。

某天傍晚，我开着小货车，载着直纪行驶在下地区，沿着左侧的神去河，驶向上游。我已经送完稻草，车斗上空空的。道路沿着河畔形成和缓的弯道，我小心翼翼握着方向盘。我向与喜保证了一百次“我绝对不会再碰伤车子”，与喜好不容易才答应继续借我开，所以不得不小心谨慎。

途经中地区，离直纪家还有一小段距离，我看到清一哥出现在右前方的田里。清一哥把自己的小货车停在田间小路上，独自站在收割之后的农田里。夕阳将清一哥的影子拉得很长，他微微低头的身影轮廓，触动了我的记忆。

“嗯，我觉得他像一个人。”

“是不是宫泽贤治？”坐在副驾驶座上的直纪说。

我的内心同时出现两种想法，既觉得“惨了，直纪果然仍会注意清一哥”，又想到“没错，高中的语文参考教材上有一张宫泽贤治走在农田里的照片，就是这样的姿势”。

快到清一哥出现的农田时，我不得不放慢车速。直纪喜欢清一哥，虽然我很希望赶快离开这地方，但又不想直纪认为我是个小心眼的人。

“要不要叫他？”

我征询直纪的意见，没想到直纪摇了摇头。

“不用，不要打扰他。”

太好了，直纪选择了我，而不是清一哥！我当然不是这么乐观的人，会为这种事暗爽，只是纳闷："这反应不像直纪啊！明天会不会下今年的第一场雪？"清一哥站在田里的身影看起来孤单寂寞，反倒让我很在意。

即使车已驶过农田，我仍不时瞥向后照镜，目送清一哥的身影变得越来越小。清一哥低着头，一动也不动，随即消失在弯道的尽头。

清一哥在田里干什么？天色快暗了，不叫他真的没关系吗？

直纪似乎察觉了我内心的疑惑，对我说：

"他正在向田里的神明致意，准备迎接大山祇神的祭典，不能打扰他。"

又一则神去村充满日本民间故事色彩的逸事！白天的时候，和我一起在山上吃便当的人，傍晚在田里向神明打招呼。神去村的这种习俗太虚幻了，老实说，我难以理解，但也引发了我的兴趣和好奇心。

"田里也有神明吗？"

"当然有啊！"直纪点着头，"但并不是随时都在田里，清一哥的脚下不是插着小小的御币吗？"

"御币？"

“不是有像闪电形状的白纸黏在木棒上，插在地面上吗？”

“我没有看到。”

直纪看我的眼神好像在看不成材的学生，然后解开了安全带。车子刚好抵达她家门口。唉，今天和直纪的兜风就这样画上句号吗？

没想到直纪居然问我：“要不要进来喝杯茶？”

万岁！直纪果然放弃清一哥，选择我了！刚才就说了，我不是这么乐观的男人，不能因一点小进展就欣喜若狂，我反而更加不安：“嗯？怎么了怎么了？她是不是想教训我？”甚至担心“承担不起的好运恐怕预示着更大的不幸”。

我第一次踏进直纪家。她住的房子虽然老旧，但整理得很干净。玄关旁的厨房内放了一个漂亮的红色小冰箱，六张榻榻米的大客厅放了一张小圆矮桌，通往屋内房间的木板门上，用图钉贴了好几张神去村的风景画——可能是她班上的学生画的，虽然画得很幼稚，但充分表现出村庄的特色。

直纪在厨房烧开水时，我坐在矮桌前，心跳快得好像刚跑完百米竞赛。如果那壶水再晚五分钟烧开，我恐怕就会像咕咕钟一样，从胸口蹦出来两三只装了弹簧的小鸟。

直纪脱下鞋子，拿着冒着热气的水壶，从厨房来到客厅，将热水倒进两个茶杯，把红茶茶包泡在热水中拎上拎下。

她不是用茶壶冲茶叶，而是用茶包！而且，两个茶杯只用一个茶包！

不不不，我无所谓，这种豪爽的男人味（虽然直纪是女生）也很迷人。我道了谢，舍不得且故意地慢慢喝着红茶。因为我很确定茶一喝完她一定会说“你可以回家了”。直纪打开电视，点了煤油暖炉，然后转向我，把我当客人一样款待。万岁！

直纪独自住在这屋子里不会寂寞吗？这是一栋古老的日式房子，走廊和房间角落都很暗，榻榻米踩下去软趴趴的，天花板上也会传来吱吱咯咯的声音。我半夜上与喜家的厕所时，心里都会毛毛的。

宁静沉沉地压在背上，我胡乱想着这些事，直纪似乎完全在想别的。

“关于刚才的事……”

她开了口。刚才的什么事？噢，她是在说田里的神明。我很想劝她先别管神明了，聊聊我们生活里的事好了。

“是。”

但我还是乖乖地应和。

“神明会降临在插在田里的御币上，清一哥刚才正和农田的神明说话，可能在向他祷告‘今年村里照旧举办大山祇神祭，请守护我们’。”

“呃……”我有点困惑地抓了抓脸，“清一哥是这种人？”

“哪种人？”

“就是迷信，或者说……”

“不是啦，不是啦！”直纪笑了起来，“他是个很追求合理性的人，搞不好连死后的世界或血型占卜也不信。”

“我一直不太懂。”我鼓起勇气问道，“如果真像你说的，清一哥每次都抱着什么心情参加仪式？神去村有很多习俗，在我看来都是迷信，或者是虚幻的世界，有时候我真的不能理解。你和我一样，不是在这个村庄出生、长大的吧？你是怎么看待河边拉起注连绳之类的事？”

“这个嘛……”直纪双手捧着茶杯，“山和树其实跟人一样，都是存在的事物。”

“就是所谓‘自然的我’的意思吗？”

“你在耍我吗？”直纪面露愠色，“我不是这个意思，该怎么说呢……就好像在路上遇到熟人，不是会打招呼吗？就算之前发生过不愉快的事而心里不舒服，或不太喜欢对方，仍然会打招呼吧？”

“对啊！”

“通常只要打声招呼，就可以改善人际关系，心情也会跟着好起来。在神去村，打招呼的对象广泛，就好像早上时会说‘早安’一样，会在某个固定时间，对不同的神明打招呼，差不多就是这样。”

嗯，我还是不太懂，大概是“礼多人不怪（即使对方是神明）”的意思吧！我只好这么说服自己。

“况且，”直纪继续说道，“清一哥是东家。”

“因为他是村庄的头儿，所以要守护这些习俗吗？”

“对，因为他很有责任感。”

我从直纪的表情中发现，她就是欣赏清一哥这一点。责任感……我这个人向来是做一天和尚敲一天钟，“责任感”这三个字离我很遥远，要如何培养责任感呢？！

“清一哥在高中时就当了东家。”直纪深有感慨地说，“他可是有所觉悟的，心情和你我不一样。”

“什么？”

我忍不住反问。高中生就当东家也未免太早了吧？神去村的东家必须掌管中村林业株式会社，养护一大片山林，村民也都对他另眼相看。清一哥到底是怎样的超级高中生？

“因为清一哥的父亲在他读高中时死了吗？”

“你什么都不知道吗？”直纪似乎很惊讶，“不光是清一哥，你寄宿的与喜家不是也没有父母吗？”

“什么？与喜和清一哥该不会都是神去的神明的私生子？”

“怎么可能呢哪。”

可不嘛。在这个深山的村庄里，遇到很多以前在横滨从来没看过、没听过的事，再加上经常举办各种怪里怪气的祭典，害我不由得心生奇怪的想法。

原来清一哥的父母这么早就离开人世了。我发现村庄里很少有与喜父母那个年纪的人，其中似乎有什么原因。

“我多嘴了，”直纪喝完了红茶，“天色晚了，你该回家了。”

我想知道与喜和清一哥父母的事，但即便用眼神恳求，直纪仍不理我。“谢谢招待。”

我道谢后，很不甘愿地起身。

直纪送我到玄关，当我跨过门槛离开时，听到拉门冷冰冰地在我身后关上了。

直纪在关门之后，小声地说：

“如果你真的在意，就去墓园看看吧！”

隔天是星期六，不用去山上工作。

上午山太来家里玩，在六张榻榻米大的卧房玩游泳游戏。他一下子从堆在角落里折好的被子上跳下来，接着趴在榻榻米上，手脚动来动去，假装游泳。只要找对角度，榻榻米上也很滑，山太兴奋地笑个不停。累死我了。

消耗不少体力后，终于等到十点的点心时间，一起吃繁奶奶准备的芝麻仙贝。

繁奶奶把仙贝放在茶里泡软之后才放进嘴里。

美树姐去屋后叫与喜，与喜正像魔鬼般挥着斧头劈一大堆木柴。今年的冬天来得比往年早，所以要提早劈柴做准备。照理说，他消耗的体力应该比我和山太多，但他和往常一样精神抖擞，脱下满是汗水的上衣，肌肉饱满的身上冒着热气。与喜胡乱换了衣服后，一口气咬了三块芝麻仙贝。那些仙贝很硬……

"清一在干吗？"

与喜终于可以稍作休息，转头问山太。

"早上一边和妈妈在客厅看电视，一边记账。"

"他们的感情真好啊！"

有吗？夫妻一起看电视根本谈不上感情好，只是度过假日的一种方式而已吧！搞不好是因为与喜和美树姐之间随时面临开战的危机，所以对感情好的判断标准很低。

“爸爸说，他中午要去津买东西，还说要带我去书店，我要回家了。”山太宣布后又说，“繁奶奶，谢谢你的仙贝。勇哥，我改天再来找你。”

他慎重的语气好像在说“我要回家了，你不要难过哟”。虽然我差一点扑哧笑出来，但还是努力做出“太遗憾了”的表情对他说：“好，改天再来玩。”

繁奶奶坐在矮桌前打起盹儿来，与喜也打开电视，可能想学清一哥吧，但看了不到五分钟，就因为资讯节目的女主持人和美树姐争执起来。

“惠理明明很可爱，你的眼光有问题。”

“你的判断力才有问题。这种用脑髓都会融化的声音说‘啊？我不懂啦！’的女生，到底哪里可爱呢哪？我觉得她太有心机了，况且，她是主持人，当别人问到她时，怎么可以说‘我不懂啦！’这种话。”

“哪有，她这种直率很可爱啊，长得也像不灵光的狐狸，很讨人喜欢。”

“真对不起啊，我长得不像狐狸。”

“傻瓜，你和惠理属于不同类型，但你的长相完全击中我的好球带！”

“死相啦！”

美树姐红着脸回应的同时，伸手托住正在打瞌睡的繁奶奶的额头——繁奶奶差一点就撞到矮桌了。

我才不想听他们打情骂俏，和这对夫妻在一起，根本是疲劳轰炸。

“我出去走走。”

我走出家门。

目的地当然是墓园。

从与喜家走路去神去村的墓园要十五分钟，路上一侧是郁郁苍苍的山，另一侧的下方是神去河。我一边走，一边想着“这一带的杉树差不多该找时间修剪一下了”“流速真快啊……啊，有一条银色的鱼跳起来”。一开始我还被冷风吹得缩起脖子来，但很快就适应了。

不一会儿，墓园出现在前方。我从大路走进并不大的墓园。

墓园坐落在神去河河畔的山谷，虽然阳光灿烂，但风很大，可以看到对面的神去山。

听说在神去村出生也死在神去村的人，灵魂都会回到神去山的另一头。

我走在一排排墓碑之间，头发被风吹乱了。每块墓碑都相同大小、相同高度，也许是因为村子不大，大家都努力避免标新立异。

铺着白色碎石的地面扫得很干净，几乎每一座墓前都放着白花八角树绿油油的树枝。

清一哥家的坟墓位于最深处，似乎把土葬时代的墓碑也移了过来。在擦得很亮的长方形花岗石旁，还有几个长了青苔的小坟墓。据说清一哥的祖先是蛇神长彦和人类所生的孩子。

我对着花岗石的墓碑合掌祭拜，看着刻在侧面上的清一哥父母的戒名。因为从来没见过他们，所以并没有特别的感受。

接着，我又找到与喜家的墓，墓碑的侧面同样刻着他父母的戒名。因为我看过与喜家放在神桌上的遗照，所以亲眼看到墓时仍有点伤感，但还是不知道该有什么感想，只能动也不动地站在那里。风渐渐带走了我的体温，我忍不住发抖。

我突然感到哪里不对劲，怎么回事？我再度仔细读戒名。

并不是戒名的问题，而是死亡日期。与喜的父母竟然在同一天去世。夫妻因为生病同一天死亡的概率应该很低才对吧？难道是什么意外？

一想到这里，我急忙走回清一哥家的坟墓，清一哥的父母也和与喜的父母在同一天去世。

这是怎么回事?

我用力深呼吸，努力让心情平静，从墓园头走到墓园尾，看了所有墓碑的侧面。

总共有十六人死于二十年前的五月六日。

悠然慢活的哪啊哪啊神去村，绿山环绕、河流清澈的神去村。树上鸟啼声不断，野兽在林间疾走的声音时可听闻，鱼儿的鱼鳞在水中反射着阳光。在处处充满生命气息的神去村，到底曾经发生了什么事?

我突然害怕起来。同年、同月、同日内，一个村庄死了十六个人，这绝对非比寻常。

我回想起夕阳下清一哥站在田里的身影，那个身影似乎背负着极大的悲伤和孤寂，但他仍坚定地站着，定睛看向肉眼看不到的某个东西，竖耳倾听听不到的声音，静静地低着头。

我必须了解清楚。既然要继续住在神去村，除了好的一面、虚幻的一面，也要弄清楚村民曾经经历的悲伤和痛苦(**如果有的话**)。

但是，要在什么时候问?怎样的场合下才能开口问呢?

这一刻我再次意识到自己从小到大，从来没有推心置腹的朋友。和朋友的往来总是仅止于及时行乐，从来不曾为了和对方一起走下去而分享些什么。因此，眼前这种紧要关头，不知道该怎么和重要的人接触，不知道该怎么面对他们。

即使这样，该做的事还是得做。各位读者啊，请给我勇气！别怪我啰唆，我知道根本没半个读者，而且我人不如名，完全没有勇气这种东西。我知道，我很清楚。

欸，我这是怎么了？

虽然是大白天，但我就像在黑夜迷路的小孩，一动也不动地站在墓园里。从神去山吹来的山风呼呼地响，把我的头发吹得更乱了。

第四夜　大山难与小山难

“晚上在深山里，”与喜说，“就可以感受到气息。”

“气息？什么气息？”

我小声地问，心里忍不住想，拜托，现在可别说什么可怕的事。

与喜把小树枝丢进篝火，火苗一下子蹿高，照红了与喜垂下双眼的脸孔。风掠过树梢，在与喜身旁缩成一团的阿锯担心地抬起头。

与喜摸摸阿锯的头，用平静的声音回答：

“我说不清楚，但总觉得谁在看我，也好像有人亲切地叫着我的名字。”

我浑身汗毛倒竖，用毛毯紧紧裹住身体。与喜看着我，忍不住笑出来。

“没什么好怕的呢哪，这气息很熟悉，可能是以前死去的村民，也可能是山神，仿佛这些菩萨神仙化为一体……有一种和灵魂产生共鸣的感觉，你感觉不到吗？”被与喜这么一问，我闭上眼睛，竖起耳朵。

风不知道什么时候停了，周围的山好像被某种很大的东西笼罩，顿时变得悄然无声。当我的注意力更集中时，仿佛在无声世界的深处听到了细微的动静，但听不清楚，好像有不计其数的人聚集在一起吟唱倾诉，声音不大，只是轻声细语的程度。

我慌忙张开眼睛，因为我觉得自己好像听到了呼唤，即将被吸入黑夜中最黑暗的部分。

隔着篝火，我看着与喜的脸孔。他盘腿坐在地上，整个轮廓快被背后的黑暗吞噬。他用斧头的柄代替搅火棒戳着篝火，等待清晨来临。

我和与喜在南山陷入了近似山难的处境。

“山难？勇气没事吧？！”可能有人担心得晚上睡不着觉。宝贝们，别为我哭泣，既然我能在这里打字，就表示已经安全下山。而且我很清楚，这只是我自己在电脑上瞎扯、自娱自乐的文章，根本没有所谓的宝贝们（读者）。我的脑筋也没有问题，所以，各方面都不必为我担心。

说句心里话，原本我想把山难写得更身临其境（平时太少用“身临其境”这个成语了，一下子想不起来，刚才嗯嗯嗯地花了五分钟才好不容易挤出来），就像电视台的现场直播一样，营造出“究竟勇气能不能顺利下山呢？让我们继续看下去！”的感觉。这么一来，读者就可以跟着紧张紧张、刺激刺激一下了。这几天，我也写了不少文章，多少有进步，也懂得要发挥一下写作技巧。

不过，我失败了。因为我是下山之后才写的，根本不算什么现场直击，只能根据先后顺序，说明到底发生了什么事，说明我和与喜为什么会遇到近似山难的情况，又是如何顺利脱困。虽然各位已经知道结局，紧张刺激感早已大打折扣了。

不久之前（十一月中旬），神去村举办了大山祇神祭。想了解那是怎样的祭典，详细内容请参考我以前的文章（电脑里有一个名叫“哪啊哪啊神去村”的文档）。首先要在深夜起床，去神去河净身。

河水很冷，不只是冷而已，而是冷到全身痛，好像有无数超大的海胆聚集过来，刺向全身。

“哈哈哈哈哈！”

我忍不住发出这种鬼叫声。那不是笑，而是因为太冷了，肺、气管和膈都抽筋，无法控制地从嘴里发出奇怪的声音。

三郎老爹已经上了年纪，我很担心他的心脏能不能承受这么大的冲击，没想到他根本不当一回事。他穿着衣服，脖子以下全浸在河水里，闭上眼睛，表情好像随时会引吭高歌。“真是好水啊！”搞不好他一只脚已经踏进那个世界了。三郎老爹，别太逞强了，赶快离开生死交界的三途河，回来这里吧！至于与喜，吆喝了一声“嘿哪”便拿着小水桶，舀起水往头上浇，好像在瀑布下修行。与喜的体力和神经都和正常人不一样，所以不必理他。

净身结束后，回到河岸上，穿上整套修行僧般的白色衣服。从净身处走到神去山山麓的沿途都不能说话，在神去村山上工作的男人（总共有四十人左右）默默地排成一列前进。中村清一组今年负责前哨，拿着锡杖和灯笼走在队伍最前面。

一行人只靠着手上灯笼的亮光走在漆黑的山路上，只有手边和脚边照得微微有红光，其他地方完全漆黑。黑暗化为一种压力挡在前方，感觉有点像用火柴的火去焊断钢铁，完全不知道自己到底在前进、原地踏步，还是在后退。锡杖发出的金属声宛如渐渐平静的涟漪，消失在黑夜深处。往神去山只有一条路，所以不必担心迷路，但我仍不时感到不安，于是就看向一旁的清一哥或与喜的脸庞，黑暗中，可以隐约看到他们严肃的表情。

忍着胶底鞋下泥土的冰冷，听着树叶摩擦的声响在山上此起彼落，仰望天空，银色的星星宛如演奏音乐般地闪着星光。

抵达神去山的山麓后，大家分别拿起在山上工作时用的工具。林业工会的大叔（外号“山猪大叔”）已经事先把大家的工具运来了。我戴上安全帽，把护目镜挂在脖子上，背起平时用的链锯。与喜把斧头插进腰带，阿锯也在山麓和我们会合，它似乎从家里一路跑到这里来等我们。

虽然锡杖可以当拐杖使用，但灯笼很碍事，所以爬上神去山变得很辛苦。然而，我们是前哨队伍，中途不能停下休息，必须维持既不会太快也不会太慢的速度，沿着兽径（其实只是草丛）向前走。神去山是大山祇神居住的山，除了祭典，平时人类不得入山。因此，山上没有修建林道，必须拨开杂草和矮树的树枝，直线爬上山顶。不同于平常山上蜿蜒蛇行的路，这里的坡度很陡，人们很快就上气不接下气，阿锯也一路吐着舌头。

深夜的神去山上，只听得到大家的呼吸声，只看到灯笼的火光。只有与喜活力充沛，率先冲上斜坡。躲在草丛里的兔子还是鼬鼠被与喜的脚步声吓到，拔腿就逃，从梦中惊醒的鸟儿迷迷糊糊地在树梢尖声啼叫。

“不害怕吗？”我忍不住嘀咕道。

神去山没有植林，各种不同种类的树木形成茂密的森林，有很多神木级的大树，即使白天走在这里，也会忍不住畏怯。此外，神去山上栖息着很多鸟类和动物，夜晚更可以感受到它们的动静和视线。它们躲在树木和草丛后方，即使周围光线明亮，也未必能察觉它们的存在。总之，除了人类，的确有很多动物在这里生活。

“你在说谁？”

走在我背后的岩叔听到我的嘀咕问道。

“我说与喜。”我小心提防着灯笼的火熄灭，晃了一下身体，把链锯重新背好，“他难道不担心一个人走在前面，万一遇到熊怎么办吗？”

“他应该不会想这种事吧！”岩叔笑了笑，“即使遇到棕熊，与喜恐怕会二话不说地把它丢出去。”

与喜若真和熊打架，一定可以赢得很轻松吧！棕熊体形大，可能有点困难，但如果是亚洲黑熊，与喜应该会先来个过肩摔，再使出摔跤里的逆虾式固定吧！

“而且啊，”岩叔又补充说，“今天是大山祇神祭典的日子，我们都净了身，准备去拜访神明，熊先生也会识趣地在家里乖乖睡觉觉吧！”

又是神去村充满日本民间故事色彩的说法！他们对神明、人类和动物还真是一视同仁啊！

听到岩叔这个壮硕的中年男人说“睡觉觉”这么可爱的字眼，有一种奇妙的感觉，而且还尊称一声熊先生……不过，岩叔可是小时候曾经被“神隐”过的狠角色，也就是被神去的神明相中的人，既然岩叔说它们会“识趣地在家里乖乖睡觉觉”，就应该不会有问题吧！

天亮之前，一行人来到了预备要砍伐的栗树前。我像傻瓜一样张大了嘴巴。

说到栗树，通常都会想到栗树园里整排栽种的、最多两三米高的那种。栗子虽然很好吃，但栗树开花的季节会散发出难闻的气味。

但是，神去山上这棵栗树规模完全不同。总之，就是一个“大”字。足足有二十米高，树干恐怕连两个大人都无法抱住。树皮更惊人，好像被熏过似的发出黑色的光泽，有好几十条很深的纵向纹路，既神圣又性感，雄伟地屹立在山坡上，让人不由得想要趴在地上俯首称臣。

眼前的季节既没有开花，也没有结果，树叶纷纷掉落，这样反而很好。如果散发出奇怪的味道，我恐怕会招架不住，表现出“惨了”的狼狈模样而笑出来。不是因为滑稽，而是人在遇到超过想象的恐惧和可怕的事时，不是会笑吗？差不多就是这种感觉。负责伐倒和见证的小组成员聚集在栗树下讨论。这次也要砍伐这么大的巨木，可见今年的祭典堪称隆重盛大。神去地区的小组，包括我所属的中村清一组在内今年负责前哨，把队伍带到栗树前就大功告成了，接下来只要袖手旁观就好。

我坐在不远处的栲树树根旁，等着他们讨论结束。伐倒的人和见证人对要将栗树砍向哪个方向争执不休，但因为他们的语尾都有一个“哪”字，所以听起来很悠哉。

与喜明明只负责前哨，却也加入讨论。

“你们要栗树往哪里倒，就往哪里砍啊！”

他的主张太不负责任了。清一哥和三郎老爹把酒倒在栗树树根处，似乎正在祈祷。

岩叔摸着树皮上的绿色青苔，拼命点着头。他该不会在和栗树的精灵说话吧？

朝阳照在山坡上，终于可以看清周围的情况了。各种不同颜色、形状的树叶和树枝，在清晨清新的空气中，闪着淡淡的金黄色光芒。鸟儿放声啼叫着，似乎觉得即使输人也绝对不可以输阵。我吹熄灯笼的火，折起灯笼后塞进腰间。

抬头一看，发现山根大叔坐在我旁边，忍不住在心里骂了一句脏话。虽然最近和山根大叔之间的关系稍有改善，但我还是不擅长和他打交道。他一看就是那种顽固的工匠个性，不苟言笑，整天板着一张脸。我刚到神去村时，即使和他打招呼，他也视而不见。可能是因为山根大叔看不惯那些抱着玩玩的心态从事林务工作的人，上次他刚好撞见我载着直纪约会（算吗？），之后趁着我一个人走在路上时，还特地叫住我，教训了我一句“不要在大庭广众下卿卿我我呢哪”。平时即使在路上遇到，也只是“哦”一声，点点头而已。我知道他人不坏，但干吗故意找我麻烦。

好吧，只能见招拆招了。山根大叔还没开口，我已经进入备战状态，观察着身旁的他。他也穿着一身白衣，手摸着胸前。他在摸什么？我看向山根大叔的肚子，差一点发出惊叫声。

不知道什么东西从山根大叔的怀里探出头。黑色的、干巴巴的……猴子木乃伊？

还是用来做中药的树根?

看到我一脸惊恐,山根大叔笑得很开心。

"你很在意吗?"

"对……那是什么?"

"不知道能不能给你看呢!"

山根大叔故弄玄虚地从怀里拿出不知道是什么的黑色东西。

白色手巾包起的那个东西全长十五厘米左右,看起来像是那个东西的脸部从手巾中露了出来,真的很诡异。静下心来仔细观察,好像是鱼,但它的脸长得太可怕了。皮肤(鱼鳞?)凹凸不平,瞪着眼睛,张开大嘴,鼓着腮帮子。真的有这种鱼吗?所以不是猴子,而是人鱼木乃伊?

我毛骨悚然地看着神秘的木乃伊状物体。山根大叔轻轻解开手巾,露出木乃伊的全貌。果然是鱼,有像扇子般的胸鳍,背鳍像恐龙般竖了起来。

"这是虎鱼的鱼干。"

"虎鱼吗?"

之前虽然听过这个名字,但从来没有吃过。带鱼干上山做什么?以备不时之需?还是他太喜欢吃?

我的头上一定冒出了一堆问号,山根大叔立刻说明。

“据说大山祇神有两个千金，妹妹是国色天香的美女，姐姐的话……就是那个啦，你知道吧？”

“是丑八怪吗？”

“嘘！”山根大叔用手掌捂住了我的嘴，“不能在山上说这句话呢哪。”

“爱啊喔（为什么）？”

“因为会惹恼姐姐神啊，我带虎鱼干上山，也是为了取悦姐姐神。虎鱼不是长得很……抱歉吗？姐姐神看到之后，会觉得‘原来还有比我长得更……抱歉的’，就开心了。我们就可以安心地在山上做事了。”

“噢！”

又来了，迷信。虽然脑袋里闪过这个念头，但也不由得感到佩服。原来神明和人类一个样。会想到和神明玩心理战的人类，实在太了不起了。

我戳了戳虎鱼干，又干又硬。仔细观察后，发现其实它长得蛮逗趣的。我猜想大山祇神的大女儿姐姐神只是自己认为自己丑，搞不好有人觉得她很惹人爱怜。

想起来了，我在去年大祭时看到两个神秘女人……两个分别穿着红色和白色和服的女人飘在巨大杉树树梢附近。虽然我告诉自己那只是错觉，但搞不好她们就是大山祇神的女儿。

我居然有这种想法。原来在神去村住一阵子，也会感染上日本民间故事的色彩。

“我在去年大祭时，不是差点送了命吗？”山根大叔说。

他的声音把我拉回现实。不对，不对，怎么可能会有穿着和服的女人飘在空中？那是幻觉，八成是这样。我这么说服自己，继续和山根大叔聊天。

“对啊，你从千年杉上飞了出去。”

当时的情况，连描述都令人心惊肉跳。大山祇神祭太壮烈了，我真的担心自己小命不保，暗自发誓绝对不再参加第二次，结果今年又参加了。

“对啊，可能是我触怒了山神，才会发生那种事。所以，我今年带了虎鱼干，怀着谦虚的心参加祭典。”

山根大叔怀着谦虚的心？这简直就像鳗鱼配酸梅，西瓜配天妇罗，要多不搭就有多不搭。但如果他愿意保持谦虚，当然是最好不过。

山根大叔小心翼翼地用手巾包起虎鱼干，再度放进怀里。我看向栗树，他们似乎终于决定了砍伐方针，负责砍伐的人打开了链锯的开关。

“砍！”

砍伐的号令响起，旁边的人都应和道：“嘿哪！”

链锯碰到栗树的树干，不断吐出白色木屑，所有人都站了起来。我和山根大叔也站起来，看着栗树渐渐被砍倒。

“嘿哪，嘿哪！”

链锯的刀刃越来越深入，众人也很有节奏地吆喝，一方面是为了替伐树的人加油，另一方面也为了称赞栗树。这棵大树两百年来不畏风雨地屹立在山里，砍伐时，当然也要最大限度地表达敬意。

不一会儿，随着一声轰隆声，栗树倒下了。树干既没有多余的断裂，也没有滑下斜坡，顺利地伐倒了。与喜抢先跑向倒下的树木。为了不影响运输，必须先砍除多余的枝丫。清一哥和三郎老爹正在讨论，砍在树干的哪个部分才能成为好木材。所有人的意识都集中在砍倒的栗树上。

这时，我突然有个念头。也许可以趁这个机会，向山根大叔打听一下与喜和清一哥的父母是怎么死的。

我和山根大叔的关系并不好，总觉得彼此合不来，但是山根大叔刚才给我看虎鱼干，是不是意味着他对我释出了一点善意？而我又不好意思直接问同组的其他人或与喜的家人，反而是关系有点生疏的山根大叔，可以让我抛开顾虑和面子，直言不讳。

我靠向山根大叔，在他耳边小声说：

“我有一件事想请教你。”

“噢，什么事？这样很痒欸。”

山根大叔搓着耳朵，讶异地抬头看着我。

“我之前去了墓园，二十年前的五月六日，村子里发生了什么事？”

“你问这些干吗？”

山根大叔的表情严肃了起来。我问这个不是出于好奇，不，或许有一点好奇的成分，但更重要的是因为跟大家的感情，才想知道这件事。

“因为与喜和清一哥都很照顾我。”不向山根大叔说明我一连想了好几天的事不行了，我努力解释着，“但是，只有他们一味照顾我，我却不太了解他们。我觉得继续这样下去，我永远无法独当一面，因为我根本不了解状况。与喜和清一哥痛苦的时候，不会在我面前表现出来，我不希望自己一直无法成为他们的后盾……”

山根大叔抚摸着怀里的虎鱼干，沉默片刻，不知道在想什么。与喜他们已经把栗树的树枝砍完了，成为容易搬运的圆木。

“有一种名为‘讲’的组织，”山根大叔突然开了口，“就是大家一起存公基金，用来修理寺庙，或成员一起去旅行，你听过吗？”

“没有。”

“也对哪，因为自从那起意外发生后，村里就废除了‘讲’。”山根大叔叹了一口气，“这种团体就像工会或同好会之类，神去村的‘大峰讲’曾经很热门。”

我很在意他刚才提到的“意外”，但搞不懂“大峰讲”是什么。我歪着头，山根大叔告诉了我详情。

原来在神去村的西南边，越过奈良县境的地方，有一座大峰山，是修验道的灵山，自古以来就是民众信仰的对象，神去村的村民一辈子至少要去大峰山朝圣一次。

“我十八岁时，我爸也带我去了大峰山。”山根大叔很怀念地说，“我身上没有绑安全绳，趴在很陡的悬崖上，爸爸对我说：‘以后要不要当一个正人君子？如果不要，我就一脚把你踹下去。’万一真的被踢下去就惨了，我只好拼了命说：‘要，要。’”

大峰山禁止女人上山，但她们可以在附近走走，所以也经常陪男人一同前往。说白了，就是参拜兼观光旅行。大家存钱集资，就是为了“大峰讲”。

“二十年前，大峰讲的成员租了巴士，出发前往奈良，结果……”山根大叔低下了头，“回程的路上发生了意外。在深山的山路上，为了闪避一头突然冲出来的鹿，巴士坠落山谷，车上的人无一生还，神去村有十六人，还有司机。清一的双亲和与喜的双亲都……大部分都是神去地区的壮年，美树的父母因为要顾店，岩哥因为肚子痛，临时取消行程，我当时忙着照顾生病的母亲，所以也没去。我们这几个同辈是少数侥幸活下来的。”

原来曾经发生过这种事。由于事件太重大，我哑然无语地站在原地。神去的神明怎么了？还是说，去邻县奈良县观光旅行时，神明的保护鞭长莫及？想到那些在旅途中突然死亡的人，想到那些一下子痛失家人和朋友的人，就觉得大山祇神祭变得有几分空虚。

“虽然发生了很多事，但已经过了二十多年，就不必再重提，让它沉寂呢哪。”

山根大叔说完，轻轻拍了我的肩膀，走向栗树。

栗树被好几条毛毯包了起来，两端都打上了桩子。咦？这是怎么一回事？！去年大祭时，并没有用毛毯包住伐倒的杉树巨木啊！

这时，嘎啦嘎啦的直升机声音慢慢靠近，随即变成巨大的轰隆声，并扬起一阵强风。我慌忙抬头，发现白底蓝色条纹的直升机在树林上方盘旋。树木用力摇晃，落叶和尘土飞扬。我戴上护目镜，用手指塞住耳朵。

与喜微微蹲下身跑向直升机正下方。在战争电影中，经常可以看到这种画面……我才这么想，发现其他人也纷纷跑了起来，把直升机垂下的钢索绑在栗树的木桩上。

直升机缓缓上升，悬着栗树，往南山飞去。

“呃……”当神去山上再度恢复安静时，我开了口，“原来还有用直升机运送这一招。”

与喜目送直升机离开后，挺着胸膛说：“这次很顺利、很迅速地运送完成了。”

“既然这样，大祭的时候也可以用直升机啊！为什么去年要特地用那种玩命的方式运送？”

“你在说什么傻话，”与喜说，“去年的大祭很特别，如果用直升机，大山祇神会动怒呢哪！”

问题是搞不好年轻的生命就会这样葬送在山上（别怪我啰唆，想知道大祭时有多可怕，记得看一下“哪啊哪啊神去村”那个文档），拜托，以后大祭的时候也出动直升机好吗？谢谢。

与喜不理会垂头丧气的我，大声宣布：

“赶快下山，开怀畅饮吧！”

村里的女人都在神去山的山麓等待男人下山举办宴会，全村人一直欢庆到天亮。

总而言之，我以为今年的大山祇神祭顺利落幕了，我果然好傻好天真。

祭典的第三天，中村清一组进入南山（祭典的翌日，有很多人宿醉，全村到处可以听到宿醉的呻吟）。直升机运送的栗树还在南山斜坡上，必须去回收。

既然租了直升机，为什么不干脆送到木材市场呢？据说这么一来，费用会太昂贵，所以只能从神去山运到旁边的南山。

祭典当天，见证组有另一队人马在南山等候直升机到达。当直升机把悬在下方的栗树放上林道，解开钢索后，人们立刻就来参加宴会了。既然已经放上了林道，直接送上货车不是更好吗？但神去村的人都很哪啊哪啊，美酒的诱惑当前，就别指望工作有什么进展。

于是，摆脱宿醉后，又是活蹦乱跳的中村组成员前去回收那棵栗树。

南山的林道搭建到了半山腰，去林场或作业时都很轻松。林业工会的山猪大叔开了大型货车来载，利用重型机械把圆木搬上车。中午之前就顺利完成了，山猪大叔熟练地驾驶着大型货车，从狭窄的林道离去。

现场只剩下中村清一组的成员和原本裹在栗树上的几条毛毯。用重型机械夹住树干时，毛毯掉了下来。

我折好毛毯，丢在与喜停在林道上的货车车斗上。正值午休时间，于是我直接坐在车斗的毛毯上，啃着特大饭团。阿锯也想上来，我把它抱起来。阿锯的午餐是装在我口袋里的狗食。

与喜一边站着吃自己的饭团，一边和清一哥说话。与喜点了几次头，走向小货车。

“下午要去走一走。”

“好啊，去哪里？”

“南山的对面不是有高压电线的电塔吗？有人要来维修检查，我们要先去确认路况。因为已经有好几年没有去对面那座山了，不知道变成怎么样了。”

要越过南山，再去对面那座山的山顶吗？

“大概要多久？”

“单程将近两个小时。”

我抬头望着天空。虽然天气晴朗，但冬天的气氛越来越浓，天色也暗得很快，马上动身比较好。

“好，那就出发。”

我把剩下的饭团塞进嘴里，抱着阿锯，跳下车斗。

看起来只有我和与喜两个人去电塔，啊，不能忘了还有阿锯。

清一哥、三郎老爹和岩叔留在南山整地。他们要整理皆伐后的斜坡地面，以便种植杉树和桧树的幼苗。皆伐就是把斜坡上的整片杉树或桧树全都砍伐后运送出去，整地就是将变成空地的斜坡整理成适合树苗生长的环境。

或许是因为我年轻力壮，腰腿有力，所以让我和与喜同行。想到这里，我就忍不住得意。回想起一年前我刚开始做林务工作时，走在山里，完全跟不上其他人的速度，成了大家的累赘，如今，即使要去单程两个小时的地方，别人也会放心地认为“勇气应该没问题”。我信心满满地走在斜坡上。

这里和神去山不同，稍微留下了前人走过的路，沿途都是蜿蜒的山道。虽然我无法像与喜一样一路自在地哼歌，但走起来也觉得轻松。阿锯不时走到路旁把鼻子伸进草丛里嗅闻。与喜确认着周围的地形，把挡路的石头踢到一旁。带维修人员上山时，万一迷路或受伤可就麻烦了。

中途经过之前曾经提过的那棵柜树神木。我和与喜拿下安全帽，向神木鞠躬。柜树张开枝叶，形成美丽的轮廓，静静地立着。

走了一个半小时，来到南山和电塔前的山谷时，与喜突然说：

“这一带搞不好有熊哪。”

“不会吧？”

我以为他故意开玩笑吓我。

“不，我是说真的。”与喜指着小溪说，“那里有三十年生的杉树，但树皮被剥掉了，是熊干的。”

“会不会是鹿？”

“看起来像是不久前剥的，鹿碰不到那么高的位置，十之八九是熊。”

“那怎么办？”

我吓得紧跟在与喜身后，与喜摇着头，好像在说“没指望了”。

“一旦熊靠近，阿锯就会叫，到时候只能用链锯和斧头迎战。”

“我不行，我想逃命。”

与喜笑了起来，好像在说“真是没法子”。

“遇到熊的时候，如果想逃，千万不能转身，要全速后退才行。”

“太难了吧？”

“就像这样，你看我的动作呢哪。”

与喜说完，沿着刚才的来路倒退回去，而且上半身完全不动。他的速度之快，动作之滑稽，该怎么形容……对了，可以想象一下能剧演员，他们不是经常会滑步前进吗？与喜的动作就像以八倍速倒带的感觉，简直不像人类的动作，我忍不住出声笑了起来。

与喜若无其事地走回来后，再度走在我前面。

“不过，熊应该要冬眠了，不会有问题的。”

他不会是为了消除我的紧张，特地示范逃跑方式给我看吧？我的脑袋里闪过这个念头，但立刻打消，怎么可能嘛！与喜向来不在意别人的想法，总是凭本能行事，刚才应该只是突然想表现飞速倒退而已。

和与喜在一起，经常要帮他收拾残局，也常常得为他操心，但绝对不会觉得无趣。虽然他这个人野性十足、难以捉摸，但我从来没有遇过讨厌他的人。

我们花了不到两小时就抵达了那一排电塔。电塔周围没有植林，长了很多蕨类，但视野很好，一眼望去，是整片连绵的绿色山林。

真希望各位读者也能亲眼瞧一瞧。天空的云投下的阴影将山林的各处染成接近黑色的墨绿色，随着云移动，斑驳的墨绿色块也缓缓在群山间晃动。

我和与喜开始砍周围的蕨类。电塔并非只有一座而已，沿着山棱线排了一整排，电塔间相隔三百米左右。

“改天要动员人手来砍这些蕨类才行。”

光是清理一座电塔周围，就要花不少时间。今天已经确认好路况，太阳也快收工了，所以决定先下山。

我们在电塔周围停留了不到一个小时，就沿着原路折返。阿锯不时在草丛中钻进钻出，跟在我们后方，安全通过听说有熊出没的小溪边。

来到南山山顶时，已经四点多了。因为遍地是杉树，西下的阳光照不进来，暮色很快就笼罩了四周。

必须在天暗之前回到林道。可能我心里太着急，加上已经赶完一半的路，多少有点大意。更何况沿途都没有遇到熊，也能跟得上与喜的脚步，让我的心态有点松懈。

来到柜树神木时，旁边的草丛沙沙地晃动，我顿时紧张地缩起身体，一脚踩进斜坡上的凹洞，右脚的脚踝扭了一下。

“好痛！”

在我惊叫跌倒的同时，阿锯从草丛中钻出来。它似乎吓了一大跳，拼命嗅着倒在地上的我的脸。

与喜立刻跑回来，蹲在我面前问：“怎么了？”

他用冷静的眼神和动作，确认我全身的情况。

“我的脚好像扭到了。”

说着，我直起身体，但右脚太痛了，完全站不起来。我坐在斜坡上，脱下底部有凹凸纹路的忍者胶底鞋，翻起工作裤的裤管。

脚踝已经肿得很大了。

“有没有骨折？你试着动一下……嗯，好像只是扭到而已。”

“怎么办？与喜，对不起。”

与喜默默拍拍我的头，站起身，看着杉树叶后方的天空，又立刻低头看我。

“我很想背你下山，但恐怕走到半路天就黑了，那样太危险，就在这里等到天亮吧！”

“啊？”我有点慌了，“但是，熊……”

“不会有熊啦！”

你这么肯定？虽然我很想反驳，但与喜充满自信。

“野兽知道谁比自己厉害，没有野兽会笨到为了被我痛打一顿，故意出现在我面前。”

是这样吗？我还在怀疑，与喜已经开始行动，他从工作服胸前的口袋里掏出手机。

“应该有信号吧！希望能接通，希望能……”

他独自嘀咕着，这时，与喜用力贴着耳朵的手机中传来清一哥的声音。

“与喜吗？怎么了？”

“勇气的脚受伤了。不，应该只是扭到而已，对，对，在南山半山腰，就是那棵柜树神木。因为天快黑了，我们会在这里等到天亮。可不可以麻烦你去我的小货车把毛毯和打火机送来？嗯，拜托了。”

与喜挂断电话后，转头对我说：

“我去刚才的小溪那里取水，你和阿锯乖乖在这里等我。”

“但是，天快黑了，很危险吧？”

“没事。清一很快就到了，记得先拿他送来的毛毯盖着。”

与喜抢走了我的安全帽，冲上斜坡。

如果背着我，一定无法在天黑前下山，但与喜和清一哥动作很敏捷，在天黑之前，有足够的时间分别在柜树和小溪、林道和柜树之间来回。

好恐怖……虽然这么想，但我无法动弹，只能和阿锯一起坐在斜坡上。右脚的脚踝越来越烫，好像心脏移到了脚踝，心脏每跳一次，脚踝就跟着痛一下。离天色完全暗下来只剩不到一个小时。我刚才从柜树走到小溪将近一个小时，但同样的时间，足够与喜来回了。

刚才我还以为自己跟得上与喜的脚步，其实是与喜配合我的步调。我不禁为自己的不自量力羞愧，更为不慎受伤懊恼。

“喂，勇气，你没事吧？”

前方亮起手电筒的灯光，同时传来清一哥的声音。清一哥只花了二十分钟就从林道赶到这里，我刚才足足花了三十分钟，真是太丢脸了。虽然我比较年轻，但腿力完全比不上与喜和清一哥。

“我没事，对不起。”

清一哥听到我的声音后，从昏暗中现身。他放下肩上的毛毯，里面有很多树枝。他说在山上待到天亮需要木柴，所以沿途捡了树枝。不愧是清一哥，想得真周到。

清一哥用捡来的树枝生火，在火光下确认了我脚踝的伤势。

“肿得很厉害。”

“与喜去小溪那里取水了。”

“你有手巾吗？我的就留在这里吧！你要随时冷敷，可能会发烧，尽可能注意保暖，多休息！”

清一哥用毛毯把我包起来，扶着我靠在神木上。柜树粗大的树干可以挡风，篝火就在我面前，所以没有我原先觉得的那么冷了。

“请保佑勇气和与喜。”

清一哥对着柜树双手合十。对了，万一我想尿尿怎么办？我不由得担心起来。不对，应该不能对着神木撒尿，恐怕要单腿跳到附近的杉树旁解决。

“噢，清一，你已经到了。”与喜双手提着装了水的安全帽回来了，“多谢哪。”

“我带了打火机，刚好还有一点饼干，我也带来了。”清一哥把露宿所需的物品交给与喜，“要不要我一起留下来？”

“不用，只有你知道我们所在的位置。你先回去，以防万一。如果明天早上八点我们还没有下山，就表示我们罹难了，记得通报。”

“好，与喜，注意安全，勇气就拜托你了。”

“嘿哪。”

清一哥拿着手电筒，走下黑暗的山路时频频回头，他的身影很快就消失不见了。这里的路很不好走，他的速度太惊人了。神去村的人搞不好真的都是天狗。

与喜用石头固定安全帽，把手巾浸在水中，又从工作裤的口袋里拿出椭圆形的叶片。

“这是枇杷叶，听繁奶奶说，煮过之后对扭伤很有效，现在没办法煮，所以将就贴一下吧！”与喜说。

我怀疑这样是否真有效果，但与喜一脸严肃，把枇杷叶贴在我的脚踝上，再把沾湿的手巾放在上面。冰冰凉凉的，感觉很舒服，原本隐隐作痛、感觉有点发烫的脚踝似乎稍微改善了。

与喜坐在篝火对面，不时加树枝，或是摸摸阿锯，也为我换了好几次手巾。我们几乎没有说话，等待早晨来临，偶尔听到彼此的肚子咕噜作响。阿锯每次都发出“汪！”的叫声，好像在说“真受不了你们”。阿锯，对不起，让你也跟着露宿山上。

周围的树木不时晃动，尖锐的鸟叫声划破天际，感觉好像是神木柜树的树枝撑住了夜空。

然后，就是本章开头的那一幕。

“晚上在山里，可以感受到气息。”

与喜静静地说。

我以前感受过与喜说的“灵魂的共鸣”吗？我把下巴埋进毛毯，稍微想了一下。

但是，盯着篝火微微晃动的火苗，强烈的睡意袭来……我平时晚上很早睡，何况后背感受到柜树凹凸不平的触感，也刚好有抓痒的效果（天然的不求人），非常放松。再加上我很久没有动脑筋，现在居然开始思考，催眠效果无敌，三秒后就开始昏昏欲睡。

醒过来时，发现天还是暗的，与喜正在为我换手巾。

“对不起，把你吵醒了。”

我揉揉眼睛，赶走睡意，重新坐好。总觉得有点尴尬，就好像坐在别人车上，却不小心在副驾驶座上呼呼大睡那么糗。

不，如果是我开车，即使坐在副驾驶座上的人睡着了，我也不会在意。如果直纪在副驾驶座上睡着，我反而会很开心，觉得“她真可爱”，或“我实在太厉害了，居然能够让直纪这么放心”。不用说，直纪从来没有在副驾驶座上睡着过，她似乎深信，只要稍微小睡几秒钟，就会长眠不醒。唉，果然我的开车技术还有待加强……

“是否可以在副驾驶座上睡觉”这个问题和小山难的话题没有关系，所以就先不提了，只要知道我不是会为这种小事生气的人就好。各位读者啊，如果有机会和我约会，可以放心大胆地在副驾驶座上呼呼大睡。如果我开车开到想睡觉，可能会拜托你们：“对不起，可不可以捏我一下，或是痛骂我到五脏六腑都缩起来？”

写这些也没用啊！即使我邀直纪去兜风，三次中有两次会被她拒绝，只好在虚构的“各位读者”面前耍帅一下。

我说到哪里了？噢，对了对了，是我害与喜不得不在山上露宿，但他即使看到我睡着了也没有不高兴，难道他在假装自己很有度量吗？

不，虽然我不想承认，但与喜的确很有度量。与喜当然对我咆哮过很多次，但通常都是因为我在山上工作时松懈，或老是犯相同的错。

与喜和美树姐吵架时，十之八九都是美树姐找麻烦。与喜虽然也会回嘴，但通常最后都说不过美树姐，只能向美树姐赔不是。

“这可是夫妻关系圆满的秘诀。”

争执结束后，与喜在庭院抽烟，眺望远方神去山棱线的身影，散发出一种男人的哀愁。

与喜偶尔会做一些莫名其妙的事，但基本上是个开朗的人。除了山上的事，他似乎不喜欢和别人发生争执。不过，万一与喜真的发飙，谁都拦不了他（因为他的力气不同凡响），所以每个人都怕和他争执，正面冲突能省则省。还真是敬“鬼”神而远之。

与喜为我换上湿手巾后，顺便摸了一下我的额头。

“你好像发烧了。”

“难怪我觉得有点冷。”

“这可不行呢哪，你等一下。”

与喜把树枝丢进篝火，让火烧得更旺些，又把自己的毛毯裹在我身上。

“不用了，你这样会冷啊——”

“一点都不冷，而且有阿锯陪我。”与喜一副很可靠的样子，抚摸着趴在一旁的阿锯的背，“不过，你最好喝点水。”

“啥？我才不要，这不是平时戴在头上的安全帽吗？”

“那又怎么样？”

“可能粘了头上的皮脂和汗水之类的……”

“傻瓜，营养百分百啊！”

被与喜呵斥后，我只好很不甘愿地喝了安全帽里的水，幸好没有咸味。从溪里取来的水已经放了好几个小时，仍然冰凉，不知道是山上的气温持续下降，还是我的体温急速上升，或是水清澈到让我无法感受到温度变化。

喝了水之后，稍微舒服了一点。脚踝仍然很烫，肩膀却冷飕飕的，睡魔似乎已经离开。

与喜开始在柜树神木旁寻找丢进篝火的树枝，即使在没有光线的黑暗中，他仍然可以维持野兽般的视力。我听到他在附近走动的脚步声，不一会儿，他就抱了一大堆树枝和树叶，回到篝火旁。

“现在几点？”我问。

“快要变明天了哪。”

原本以为我不敌睡魔只短短的十分钟，没想到一下子睡了这么久。扭伤、发烧和露宿对身体造成的负担似乎超过我的想象。夜晚还很长，我决定不再睡了。

是我拖累与喜的，怎么能独自呼呼大睡呢，当然还有类似副驾驶座的自觉，况且，与喜应该也很想睡。如果两个人一起睡着，篝火灭了，准备冬眠的熊搞不好会从黑暗中扑过来，实在太可怕。（虽然与喜很受不了地说：“我不是说了吗？不可能有熊出没，这附近根本没有熊。”）

最重要的是，我想和与喜聊天，这可是千载难逢的好机会。虽然我住在他家，一起在山上工作，但几乎没有和他坐下来认真聊过天。一方面是因为害羞，另一方面我和与喜之间的共同话题少得出奇，但是这一夜山上只有我们俩（当然阿锯也在），难得可以静下心来聊聊，我打算当面问他这阵子内心一直惦记的事情。

“与喜，我想了一下你刚才的话。”

我下定决心开口。与喜正在喂阿锯吃清一哥留下来的饼干，他偏着头问：“刚才？”

“你不是说，可以感觉到很熟悉的灵魂吗？”

“噢，”与喜笑了起来，津津有味地吃着饼干，“这不是两小时前的话题吗？你有时差吗？”

我刚才睡着了啊！我又没出国，怎么可能有时差？而且，你自己吃了三块饼干，为什么只给我一块？

我调整好情绪，继续说下去。

“我从来没有熟悉的感觉，但在山上工作时，会觉得心情很平静，也可以感觉到猴子或鹿在看我。”

我经常会察觉到动物，也可能是之前和岩叔聊到熊的话题后，就变得更神经质，现在只要草丛和树梢被风吹动，我就忍不住心惊胆战地想会不会是危险的野兽？！虽然很不想在与喜面前自曝其短，但我还是鼓起勇气说了实话。

“但这些和你说的气息是两码事吧？难道是因为我还无法独当一面，所以感受不到吗？”

其实我原本想问：“是因为我不是在这个村庄出生的关系吗？”

村里的人相信，人死后就会回到神去的山上，那我呢？即使我一辈子在神去村从事林业，村民会认定我是村里的一分子吗？与喜感受到的“熟悉的气息”中，也会有我的灵魂吗？

我只要一思考这个问题就会不安，但不敢直截了当地问，因为一旦被与喜看穿“勇气，你怎么了？你有那么寂寞吗？”，我会觉得很丢脸，结果好不容易鼓起勇气发问，却绕了很大的圈子。

“我也不太清楚。”与喜用指尖抓了抓额头，“这些气息有点像是我的错觉。”

与喜隔着篝火端详了我片刻，随即折了几根树枝丢进火里说：

“因为你在这里还没有失去很亲密的人，如果我死了，你也可以在山上感受到我的气息。”

“因为我会回到神去的山上……”与喜微笑着补充了这一句。

“真不吉利。”我说，“我觉得你会活得比我久。”

“也许吧！”

与喜这次笑开了，用力摸着阿锯的头。

我无奈地笑着，但其实很想哭。与喜敏锐地察觉到我没有说出口的话，他理解我的烦恼，如果继续留在村里，最后死了会怎么样，他知道我因为看不到的未来而担心。正因为了解我的心情，所以他才会向我保证：“有朝一日，你也可以感受到气息，和神去的山连成一片。”

通常和其他事物绑在一起，会让人感到烦闷，应该没有人会高兴，但是那一刻，我安心了。就像透过脐带和母亲相连一样，总有一天，我可以和神去的山峦连成一片，可以投入逝去的众人行列中，可以化为气息在山里飘荡，让像我一样还无法独当一面的工人吓破胆，让像与喜这种的林业天才放心。

我知道这想法很愚蠢，有点像哄小孩子，但还是忍不住这么想。也许是因为这深夜的山上，只有我和与喜两个活人的关系。

抬头一看，叶子掉光了的柜树树枝伸展成网状，无数银色星星像水滴般悬在枝头。

“与喜，原来你也会思考死亡的事。”

“偶尔会啊！”

“只是偶尔？”

“如果整天都在想，脑子会出问题。”与喜盘腿而坐，似乎完全不觉得冷，“但是，在山上工作不知道什么时候会发生意外，我也交代过美树，一旦有状况，绝对不要慌张。”

原来是这样……我太惊讶了。他们夫妻整天吵架，吵完又和好如初，求生意识超强的完美组合，没想到也会谈这种严肃的话题。

“与喜，”我开了口，“我听说了二十年前的意外。”

“谁告诉你的？”

即使在黑暗中，我也能感觉到与喜的表情严肃起来。我急忙解释说：

“是山根大叔，但不是你想的那样，是我逼问他的。因为我去墓园时，发现很多人在同一天过世。”

“是吗？”与喜叹了一口气，“那的确会让人在意，因为一次死了超过十个人，的确很不正常哪。”

“听说是巴士出了车祸？”

“是啊，接到通知时，我和繁奶奶正在吃午餐。”

那天，与喜心情很差。确切地说，并不是那一天才这样，读小学五年级的与喜已进入青春期，正叛逆着，每天都无缘无故地心浮气躁。

与喜的父母在五月四日参加了大峰讲，把唯一的儿子留给当时还可以灵活走动的繁奶奶照顾。

“晚上会冷，你要盖厚被子。”

母亲说。

“我会带伴手礼回来，你不要挑乱（调皮）呢哪。”

父亲说。

但是，与喜只是板着脸，甚至没有好好对父母说“路上小心”。与喜的父亲和母亲频频回头后过了桥，上了停在集会所前的巴士。

这是与喜最后一次看到父母活着的样子。

“到现在，我仍懊悔得要死。”与喜说，“为什么他们离开前，我没有给他们一个笑容？我不知道梦见那天早上多少次，但每次我都臭着一张脸。”

“你爸妈应该知道，那个年纪的小孩都这样。”

我也有相同的记忆。应该说，我的叛逆期才刚结束不久，我老嫌弃父母只会叫我做这个、做那个，说话很烦、很啰唆。不知道是因为不住在一起的关系，还是我已经开窍了，现在能比以前更冷静地和父母说话。

但是，与喜还来不及开窍，就突然失去了父母。

听到我蹩脚的安慰，与喜无奈地说：

“是啊！”

与喜的父母原本应该在五月六日傍晚回家，没想到中午过后，巴士在奈良县的山路上翻覆。接到警方通知时，繁奶奶握住电话，当场瘫软在地。

“车祸？这是怎么回事？噢，噢，啊？”

繁奶奶太慌乱了，连续问了好几次，花了不少时间才终于搞清楚状况。

“那次之后，奶奶的耳朵就不灵光了。”与喜说。

虽然不知道那件事是不是引起繁奶奶耳背的原因，但这么重大的打击的确足以影响她的听力。

与喜从繁奶奶在电话的应对中，猜到发生了什么事。他慌忙冲出家门去找清一哥。那时候读高中的清一哥独自留在大房子看家，与喜冲进他家时，他正挂上电话。

“清一的脸色铁青，我还以为是小黄瓜的亡灵。”

清一哥用冷静的口吻对与喜说：

“快准备钱包和保险卡，我去拜托三郎老爹载我们。”

那时候，原本平静的村庄乱成一团，大家都在家门口、路旁打听消息，但没有人知道确切消息。因为巴士翻落山谷，搜救工作陷入瓶颈。有人担心地低着头，有人情绪激动地哭了起来，有人骂个不停，也有人在讨论如何赶去车祸现场，全村都陷入不安和混乱。

最后决定由村公所派车。村公所召集了所有厢型车和小客车等公务车，一行人出发前往奈良县的车祸现场。一行人指的是“大峰讲”参加者的家属和村公所职员。三郎老爹也成为神去地区的代表，开着自己的车一起出发。

繁奶奶和与喜坐在厢型车的最后一排，清一哥坐在与喜旁。车上没有人说话，气氛紧绷，每个人看起来竟都异常亢奋，虽然面临危急状况，但如果有人表示“我们要去野餐”，搞不好会有人相信“原来是这样”。

在午后的阳光照射下，五月的山满是鲜艳的绿，闪耀着光芒，但是与喜看到这片景象时完全无动于衷。如果在平时，他会忍不住想“根本没必要去学校鬼混呢哪，我想早一点长大，每天上山工作”，因为与喜和清一哥从小就经常跟着大人上山帮忙。

车子沿途停了几次，村公所的职员不时下车打电话联络。当时手机还没有普及，只能向沿途的民宅和商店说明情况后借用电话。

出车祸的巴士还没有从山谷底拖上来，也不知道车上乘客是吉是凶。因为车祸现场是狭窄的山路，又挤满了搜救人员及车辆，与喜他们搭的厢型车只能先开去现场附近的村公所。

一行人在太阳下山前抵达奈良县某个小村子的村公所，村公所职员也手忙脚乱地四处打听消息。

入夜之后，山村气温骤降。与喜和其他人被带往村公所旁的小学体育馆，等待进一步的消息。这村庄提供了毛毯、饭团和味噌汤，听说是附近的村民急忙为他们准备的。

来自神去村的人个个神情黯然，与喜勉强吞下饭团，咽下味噌汤，始终无法摆脱不祥的预感。为什么救援花了那么久？既然有很多人在等待进一步的消息，为什么不是去医院，而是被带到体育馆？

“与喜，最好要有心理准备。”清一小声地说，“恐怕发生了最糟糕的情况。”

“这……”与喜从来没有像那一刻那么痛恨清一哥的冷静，“现在还不知道吧！”

“你不可以哭呢哪。”清一哥温柔地安抚着与喜，“如果要你认父母，你做得到吗？”

“什么意思？”

“繁奶奶可能会晕倒，所以你一定要坚强。”

是啊……与喜茫然地想。如果爸妈死了，我必须确认尸体。虽然这太不真实了，但与喜对清一哥点了点头。

被黑暗笼罩的山上传来警笛声，一行人坐立难安，从体育馆来到操场上。救护车和消防车跟在警车后方，还有看起来像村公所公务车的黑色车子，全开进了小学。

事后才知道，那个小村子并没有太多紧急用的车辆，和神去村一样，是动员了所有公家机构的车子，才把从山谷底运上来的尸体送抵小学。

几名警官从停在校园的警车里走出来，其中一人要求大家先回到体育馆，然后向他们说明情况。巴士上所有人都没有机会生还，搜救过程中，找出了一具具尸体。等一下会将尸体移到体育馆，医师验尸后，请家属确认。

这时，他们发现一个身穿白袍的老人默默站在警官身后。与喜猜想，和神去村一样，这个村庄也只有一名医生，在黄金周被找来处理这种事，真可怜。不过，他的头皮真油亮。与喜觉得眼前的一切似乎都和自己无关。

奇怪的是，即使听了警官的说明，也没有人哭喊，有人虚脱般地愣在那里，有人瘫坐在地上。繁奶奶再度瘫倒在体育馆，与喜慌忙蹲下来，扶着倒地的繁奶奶。用毛毯和灰色塑胶布包起的尸体一具接一具地被搬进体育馆。

与喜说，他觉得体育馆的地板好像突然变软了。

“像抱枕一样软绵绵的，很不稳，我跌跌撞撞地走向那排尸体。”

繁奶奶说：“与喜，俺不能让你去，俺去认。”但她的腰和腿无法施力，根本站不起来。

有些尸体可以从遗物得知姓名，有些则在毛毯和塑胶布上放了一张写有尸体身上衣服的纸，作为家属认尸的参考。神去村的人彼此都很熟，即使只写了衣着的描述，也立刻知道“这不就是谁谁谁吗”。

“很奇怪。”与喜用平静的声音对我说，“我只看手指就认出了我妈，看到我爸的肚子，也立刻认出是他。真正亲密的人，会清楚记得这些小细节哪。”

与喜对警官说：“那是我爸妈。”警官向还是小学生的与喜深深鞠躬说：“请节哀顺变。”与喜说他可以感受到那名警官的话出自真心。

与喜在三郎老爹的陪伴下，回到繁奶奶身边。与喜点了点头，繁奶奶的脸皱成一团哭了起来，三郎老爹跪在地上安慰着繁奶奶。体育馆内到处可以听到啜泣声和悲叹声。

与喜茫然地走出体育馆，发现先确认完父母尸体的清一哥站在校园角落里。

“清一。”

与喜叫了一声，清一哥没有说话，抱住与喜的肩膀。那时候与喜刚开始发育抽高，脸差不多到清一哥胸前。清一哥的体温让他感到安心，而且又是从小一起长大的玩伴，与喜总算放下顾虑地问：“怎么办？”与喜终于忍不住发抖，“以后我们该怎么办？”

“不用担心。”清一哥有力地回答，“你和以前一样住我家隔壁，长大后就和我一起上山工作。什么都不会改变，你放心吧！”

隔着清一哥身上的白色衬衫，可以听到他的心脏跳得很快，与喜终于知道，原来清一哥也很慌。

但清一哥仍然努力安慰他，这份心意让他感动，想到父母再也无法激励自己、斥责自己，不由得悲从中来，与喜忍不住像野兽般放声大哭起来。

皎洁的一轮月亮浮在一片黑压压的山棱线缝隙中。

虽然与喜说得轻描淡写，但我完全惊讶得说不出话来。小学生根本还是个孩子。我读小学时，整天只想着放学后要和同学去哪里玩。唯一不开心的事，就是每周要去上两次补习班。

但是，与喜在读小学时失去了父母，还必须亲自认父母的尸体。即使要我现在做这样的事，我也没有自信做得到。虽然已经长大，但我实在太没出息了。

“之后有很长一段时间村里一片混乱。”与喜用斧头柄搅动着篝火，增强火势，“因为除了我和清一，还有好几个人失去了父母，还有人被住在村外的亲戚接走了。”

如果没有繁奶奶，与喜搞不好也不得不离开村庄。与喜除了林务工作，唯一能够引以为傲的，就是他力大无比。如果在神去村以外的地方长大，很有可能会误入歧途。

感谢神去的神明让繁奶奶健康长寿！你们一定知道不可以放与喜这种猛兽离开村庄。

“清一哥那时也未成年吧？”

“嗯，他家虽然钱很多，却没什么亲戚。没想到清一的父母一死，立刻冒出来一堆莫名其妙的亲戚和自称是亲戚的人。”

清一哥立刻请中村林业株式会社的顾问律师出面处理，保护了山林和家产。美树姐的父母是清一哥家的远房亲戚，由他们担任监护人，山林的事务由三郎老爹负责。在清一哥读完高中和大学，正式成为中村林业株式会社的董事长之前，美树姐的父母和三郎老爹不断为他挡掉那些莫名其妙的亲戚和自称亲戚的人，让神去村得以维持丰茂的山林。

“山林通常在被外人继承后就转手卖掉，根本没人会养护，久而久之，就任其荒废了哪。”与喜灵活地用斧头柄调整火势，叹着气说，“说起来，那些亲戚或假亲戚遇到清一算他们倒霉。因为他从出生的那一刻开始，就被教育以后要当东家。”

“所谓的‘帝王学’吗？”

“他只是在神去村当东家，我不知道有没有这么厉害的规模……也许可以说是‘山大王学’哪。”

“况且，他真的是山中之王……”与喜开心地补充说。

清一哥向来冷静沉着，全心为山林着想，之前还见他独自向田里的神明致意。我终于了解，清一哥为什么会成为众人信赖和尊敬的东家，清一哥的父亲一定也是这样的人。

神去村的村民团结一致，努力克服了突如其来的危机。虽然一下子失去很多生命，但随着时间流逝，生活似乎已经恢复正常。中村林业株式会社仍然管理着广大的山林，清一哥成为出色的东家，与喜却越来越胡作非为。

“不过，我现在偶尔仍会做梦。”与喜说，“在梦中可以听到我爸妈的声音，我和繁奶奶在家门口送他们，虽然明知道这是最后一面，但我还是臭着一张脸，不肯向他们道别。”

美树姐每次都叫醒被噩梦折磨的与喜，这时候，与喜无法一下子回到现实，总是走去檐廊，看着神去山的棱线抽烟，因为那里是亡灵的归宿。

我似乎明白与喜为什么和美树姐结婚了。与喜很早就失去家人，所以渴望拥有自己的家庭，但并不是任何人都能当他的太太，对方必须能彻底了解与喜的失去，分担与喜的痛苦和悲伤，近距离守护与喜的全部，她必须了解这一切，又能强势地把他拉回生者的世界。

美树姐是不二人选。她发自内心地爱着与喜，努力了解与喜，又同时拥有太阳般的热情。

“在深山工作时，就像在梦里一样，离死去的人很近。”与喜总结了自己的话，“三郎老爹说过，山是位于这个世界和那个世界之间的交界。”

与喜喝醉时躺在神去河的岸边，或许就是想和那个世界产生联结。坠落山谷的巴士、青鲇鱼的卵、青蛙的叫声、飞舞的萤火虫，还有映照着芦苇摇曳的河面，以及在薄冰下等待春天的溪哥鱼。

神去山涌出的水汇聚成神去河，缓缓地流在亡者和生者之间。

我也很想和多年前的清一哥那样，抱住与喜的肩膀，告诉他“不用担心！”，想要用力摇晃他的肩膀。

但是，我当然不会这么做，因为与喜比我更高大结实，是个体力无穷的魔鬼，他可以跑遍神去的山林，再继续做五百个深蹲。所以即使我鼓励他，也只会招来他的耻笑——“你在干吗？”

我只对他说：

“与喜，你睡一下吧！我会顾着火。”

我把与喜的毛毯丢还给他，用手势示意他躺下。

“倒是挺有人性的嘛！”与喜似乎强忍着笑，脸颊的肌肉抽搐着，“刚才还大叫‘啊，有熊！’结果跌倒，疑神疑鬼的，把可爱的阿锯当成了熊。”

“你少啰唆，快去睡！”

我用树叶丢他，与喜抱着阿锯，盖上毛毯躺了下来。

“两个小时后叫我。”

“嗯。”

“如果有熊，我会帮你收服它。”

“你烦不烦啊！”

与喜很快就睡着了。

我全神贯注地守夜，避免篝火熄灭，也希望与喜做噩梦时，可以立刻叫醒他……脚踝似乎没那么肿了。

树梢发出沙沙的声响，星星无声地在天上眨眼，远处传来鸟儿振翅、小动物奔跑的动静。阿锯三角形的耳朵像蝴蝶翅膀般颤动着。

不知道为什么，夜晚的山林不再让我害怕，浓密而温暖的黑暗笼罩着我们，很像在被子里闭上眼睛的感觉。

山林宛如在保护我们，又好像在对我们轻声细语。

与喜醒来后换他守夜，我靠在柜树上稍微睡了一下。

“快起来！”

与喜的怒吼声叫醒了我。才五点半，周围仍和夜晚一样漆黑。

“干吗？太阳还没出来呢！”

“清晨特别冷，我快冻死了。”

他不顾我的抗议，把安全帽中剩下的水倒在篝火上，用脚把火星踩熄。

“出发了。”

他的肚子一定饿到极点了。对饥饿的动物说什么都是白费唇舌，我只好试着站起来，但还是不行，当体重压在脚上时，脚踝就开始疼痛，根本不可能走下陡峭的斜坡。

“真希望可以像栗树一样，让直升机把我吊下山。”

“怎么可能呢哪！神去山的树木很有价值，吊你根本赚不到半毛钱。”

“所以，在脚好之前，我都要在这里露宿吗？”

“我背你。”

“啥？”

“我背你。”

与喜背对着我蹲了下来。“快，上来吧，把安全帽戴起来，毛毯拿在手上。”

“不行！我现在练出不少肌肉，变重了。”

“和木材相比轻多了！”

与喜坚持要背我，我只能抱着毛毯，准备让他背。原本我半信半疑，没想到他真的背着我站了起来，迈着坚定的步伐走下斜坡。

“阿锯，走喽，跟着我！”

我终于见识到什么叫“疾如风”了，与喜用平常的速度直线冲下斜坡。

“啊！”

我因为双手拿着毛毯，上半身无法平衡，身体就一直向后仰，只能运用锻炼出来的腹肌，顶着风压和速度，努力固定成原来的姿势。

之后我把毛毯夹在腹部和与喜的后背之间，再慌忙用腾出来的双手抱住与喜的脖子，否则就会被甩落在地。在一旁飞奔的阿锯看起来像白狼一样精悍。

“早知道天这么黑，你还可以跑这么快，根本就没必要露宿啊！”

风在耳边呼啸而过，我只得提高音量地说。

“我试了才发现居然跑得动。”

与喜悠哉地笑了起来。

东方天空渐渐翻白，前方出现手电筒的闪烁灯光。

“与喜吗？”

爬上斜坡的是清一哥。

“噢，清一。”

清一哥腋下夹着担架，在林道不远处遇到我们。与喜走过清一哥身旁，突然停下脚步，再整个身体都转向清一哥。离心力差点让我咬到舌头，我紧紧攀着与喜的后背。

“我猜想你差不多要下山了。”

清一哥对与喜的性格了如指掌，所以不等天亮，就上山来接我们。

“没想到你走得比我预料中更快，我还以为是山猪冲下山，紧张了一下。”

“我肚子饿得受不了了！”

与喜把我放下来，扶着我的手臂说。单腿在陡坡上站立并不容易。

“大部分饼干都是被你吃掉的。”

我忍不住抱怨，与喜把头转到一旁不理我。

最后，因为担架太不稳，还是决定由与喜背着我走到林道。阿锯用力甩着尾巴，努力表达“赶快让我坐上车斗，带我回家”。阿锯从昨天到现在，只吃了几片饼干而已。真可怜，你一定饿坏了吧！阿锯，对不起，都是我跌倒连累了你。

我在与喜的搀扶下坐在小货车的副驾驶座上。与喜的小货车跟在清一哥后方。小货车在林道转个弯后，朝阳从挡风玻璃照了进来。

我记得因为太刺眼，忍不住眯起眼睛，但下一秒就失去了意识。为什么会这样？应该是顺利摆脱小山难后松了一口气，加上空腹，以及扭伤和露宿对体力的极度消耗吧！当然，与喜背着我狂奔无疑成为压垮我的最后一根稻草。

我醒来时，发现自己躺在六张榻榻米大的房间里。枕头熟悉的感觉，棉被舒服的重量。啊，我不小心在副驾驶座上睡着了！因为是与喜开的车，所以睡着也无所谓。我看着熟悉的天花板，天马行空地乱想着，一个皱巴巴的物体突然闯入我的视线。

“啊！”

我吓得大叫一声，半蹲着探头看我的繁奶奶也惊叫一声“哎呀！”，一屁股跌坐在榻榻米上。

“原来是繁奶奶，怎么了？”

“什么怎么了？”繁奶奶揉着腰，跪坐在我枕边，“因为你一直不起床，我担心有什么问题，所以来看你。”

“啊？”

我急忙坐了起来，外面天色已经暗了。

“你早上回来之后，就一直在睡觉。”

“与喜和清一哥呢？”

“上山了，差不多该回来了吧？”

太强了。我的体力根本没办法和他们比，我觉得自己很没出息，低着头，掀开棉被。

“咦？这是什么时候包的？”

扭伤的右脚踝上包着绷带，里面还贴了药布。我闻到了味道。

“与喜和清一把你扛进来的。”

繁奶奶努着嘴说，她的假牙似乎没调好位置。

“因为你扭伤的伤势很严重，所以立刻打电话找医生来家里了。”

神去村只有一位医生，我之前得花粉症时，曾经去向他拿药。这位医生爷爷年事已高，耳朵很背，如果不大声地说好几次“因为花粉！流鼻涕！”，他会开灌肠药给我——到底是听成了什么病，为什么治花粉症会开成灌肠药啊？之前曾听村民说“只要去那家医院，就会因为累坏而生病呢哪”，那家医院有本事把花粉症患者变成真正的病人，从某种意义上来说，算是一家终极“自产自销”的医院。

“他居然愿意出诊。”

“与喜负责接送，绷带是美树帮你包扎的，膏药是俺从药箱里找出来的。”

既然这样，干吗找那个老爷爷医生来家里啊！

“太好了，你终于醒了。”

繁奶奶脸上的皱纹挤得更深了，我猜她应该在笑。

“美树也很担心，刚才出门买菜了。我已经叫与喜带枇杷叶回来，晚餐后，我会煎药。”

“谢谢。”

我想起来走走，但脚还是有点痛，只能单腿跳着穿越房间。

“你要去哪里？尿尿吗？”

“不是，上山，今天是去兵六沼那里吧？”

我打算至少上山帮忙善后。

“不行呢哪！”

繁奶奶制止了我，她抓住我没有受伤的左脚脚踝，我重心不稳，差一点跌个狗吃屎，幸亏及时用双手撑住身体，才没有跌倒。

“繁奶奶！太危险了吧！”

我趴在榻榻米上，扭转身体向繁奶奶抗议，差一点造成比扭伤更严重的伤势。

“你要在家里休息两三天。”

“医生说的吗？”

“不是，”繁奶奶严肃地摇着头，“比起那个不中用的江湖郎中（**繁奶奶说话真毒啊**），俺更懂治病或医伤。扭伤没治好很容易复发，千万不能大意，要多休息，尽可能少活动。”

话是这么说，我才刚结束实习，要我休息也太无聊了吧，况且村庄里本来就没什么娱乐，又不能上山，真要我傻傻地留在家里，未免太折磨人了。

不过我敌不过繁奶奶充满威严的眼神，只能乖乖从命。繁奶奶太了不起了，居然可以独自把猛兽与喜抚养长大。

对了，繁奶奶的儿子和媳妇都死了，她是白发人送黑发人。想必她经历了很多悲伤和痛苦，但从她身上完全感受不到这些过去，今天她仍像馒头一样坐在那里。

“啊，我真没用！”我在棉被上躺成“大”字，“竟然跌倒，弄得现在动弹不得，太白痴了。”

“为什么？”繁奶奶偏着头，嘴巴仍然不停地努来努去，“这样就可以名正言顺地不用工作，不好吗？”

“不能上山太无聊了。”

“嘿嘿嘿，”繁奶奶笑了起来，“你的改变真大啊！想当初一下子抱怨‘我怕高’，一下子鬼叫‘水蛭吸我的血’，吵死人了。”

“为什么这种事你就不糊涂？记得那么清楚。”

“嘿嘿嘿，我只是说，你现在越来越有做事的感觉了。”然后，繁奶奶再度把身体靠向我，“况且，即使不上山，村里也有很多有趣的事。”

“哦？什么事？”我以为她又要说民间故事给我听，立刻坐了起来，“对了，繁奶奶，你之前告诉我蛇神的故事，我已经写下来了。”

“难怪你晚上都坐在书桌前，原来是在写日记。”

“也不能说是日记……有点像备忘录。”

我故弄玄虚，看着繁奶奶的反应。繁奶奶好奇地点头。

虽然我之前从来没有向任何人提过这份记录，不过给繁奶奶看也不是太大问题，有一个实际存在的读者，以后写起来会更有动力。

我再三叮咛繁奶奶一定要保密后，打开了桌上的电脑。嘟嘟。电脑发出开机的声音，运转了起来。因为是旧型电脑，所以要花很长时间才能开机。繁奶奶似乎误把电脑当成电视，正襟危坐地凝视着屏幕，纳闷地说："怎么一直都是黑的？""怎么没有遥控器？也没有调节音量的地方呢哪。"超好笑的。

电脑终于开机后，我操作了一下，打开文档。文档中记录了蛇神的故事和带直纪兜风的事，以及神去村的各种事。

"电脑真了不起。"繁奶奶一脸佩服地说，"那个那个，可以记下那么多文章。这些统统都是你写的吗？"

"嗯。"

"噢，看来你也很了不起嘛，俺连信都懒得写。"

被繁奶奶称赞，我有点得意。

"搜集素材很辛苦，如果知道什么有趣的事，记得偷偷告诉我。"

"那你来一下。"

繁奶奶把双手放在腿上，缓缓站起来，扶着墙壁走去檐廊。如果是平时，我会在她旁边搀扶，但我的脚受了伤，连支撑自己的重量都有问题。繁奶奶刚才叫我休息，现在又要我走过去，我忍不住想为什么，但还是单腿跳向檐廊。每跳一下，悬在半空的右脚脚踝就有一阵隐约的震荡感冲向头顶。

奶奶轻轻掀起檐廊的窗帘，指着屋外。

山根大叔正在路上徘徊。他低头看着地面，完全没有察觉我们在偷看他。

“他在干什么？”

“找东西。”

“找什么？”

繁奶奶没有回答我的问题，只顾着嘿嘿嘿地笑。

“山根从昨天傍晚开始就一直这样。”

“这是有趣的事？”

“如果明天也是好天气，就坐在檐廊上等山根出现吧！”繁奶奶压低嗓门说，“如果看到他经过，就问他：‘掉东西了吗？有没有准备豆皮？’”

繁奶奶说的话，我一个字也听不懂，看到我头上冒出很多问号的样子，繁奶奶像狐狸一样，把眼睛眯成了弯月形。

这时，美树姐刚好买完菜回到家，于是我们没有继续说下去。大家觉得会是什么有趣的事？

关于这件事，且听下回分解喽！我听繁奶奶的话，叫住山根大叔时，还引起了一阵骚动呢！繁奶奶的捣乱真让人伤脑筋。

总之，与喜也下山了，我们围在矮桌前吃晚餐。与喜吃了三碗饭，调侃我说：“你的脚踝像章鱼一样软趴趴的。”

这家伙真让人火大。

但是，我很庆幸前一天晚上在山上时听他说了那些事。

与喜每天在神去村和美树姐、繁奶奶、我一起吃饭，欢笑，工作，睡觉，与喜的父母在神桌的照片中露出微笑，这样的美好夫复何求啊！

与喜小时候经历过我难以想象的悲伤和痛苦，但他没有因此一蹶不振。他每天挥着斧头，在山上活跃地工作着，终于找回了重要的、自己想要的东西，并牢牢抓在手上。

我和与喜的小山难就这样落幕了。

第五夜　寻找失物

各位众人，大家安好无恙否？这句话怎么怪怪的？不懂。我原本想用历史剧的方式写，没想到第一句话就逊掉了。

原本我打算瞒着所有人记录下这些文字，但之前顺口告诉了繁奶奶。虽然当时我是抱着“希望她可以告诉我一些村庄的传说或新鲜事”的想法而说的，但我还是太失策了。

每次家里只剩我和繁奶奶两个人时，她就会悄声问我：“勇气，你的写作还顺利吗？”我白天要上山工作，还要找机会和直纪约会，哪有空每天都写啊！

“不顺利，没什么进展。”

我这么回答，繁奶奶却不放过我。

“我想看像类似《大冈越前》和《远山的金四郎》那样的

故事。”

她的积极逼得我压力超大，快爆炸了。

“繁奶奶，你经常看回放的历史剧，有趣吗？”

我努力想转移她的注意力，繁奶奶“嗯”了一声，点点头。

“《水户黄门》虽然不错，但年迈的水户大人太会到处游走了呢哪。有那么多坏人，证明人心很乱，他应该不要再旅行，专心投入政治。”

她居然对赫赫有名的副将军下指导棋了……

繁奶奶说话一向直截了当。虽然经常鼓起嘴巴坐在那里，搞不清楚她到底是睡着还是醒着，但一看新闻报道，整个人便完全不一样了。看到政治人物的秘书因为受贿事件遭到逮捕时会说“不可以”；看到老师猥亵未成年学生，就会骂“这个蠢蛋”。她看新闻时整天摇头，好像世界末日即将来临，而且，每次都会叮咛一句：

“与喜，你要洁身自爱呢哪。”

在播贿赂事件时，与喜很自然地回答：“人家‘愿意给’，我就收啊！”

提到猥亵行为时，与喜明明可以闭嘴，却一本正经地说：“我不喜欢小毛头”。

正在咬腌黄萝卜的美树姐立刻露出锐利的眼神说：

“你的意思是，你喜欢熟女吗？我还不算熟女，你老实招来，你喜欢的女人到底在哪里？”

然后就再度上演老套的戏码。啊啊啊……真希望水户大人一行人可以来到饭田家，恢复这个家的和平。

总之，繁奶奶是这份日记唯一的真实读者，我也很想回应她的期待，所以挑战用历史剧的口吻来写，但实在太难了，还说什么《大冈越前》《远山的金四郎》，神去村哪里需要像古代一样，在铺着白碎石的庭院审判坏人啊！这种深山的村庄，根本没人闯空门，应该也从来没有发生过命案。

神去村虽然这么悠然宜人，但当然没有任何一个村民能完全避免纠纷。村民曾经为引水到农田的事争执，还有人声称“隔壁的太郎睡了我老婆”（**无论在任何时代，都有像与喜那种大头管不住小头的男人**），总之，林林总总的纷争在所难免。遇到这些事时，村民当然不可能去找“大冈越前”或“远山的金四郎”，而是向稻荷神求助。

岩叔家后方的山上，有一个稻荷神的小神社。听繁奶奶说，稻荷神最讨厌不诚实的人。

以前，当纷争的当事人各持己见，其他村民无法判断谁正确时，就会带着“豆皮”去参拜稻荷神。争执的双方在神社前说出各自的意见，村民在一旁见证。通常一个星期左右，其中有一方会受伤或发高烧，代表那个人为自己的利益说了谎。稻荷神识破了谎言，惩罚当事人。

我知道各位想说什么，是不是觉得“又来了，神去村虚幻的民间故事”？听繁奶奶说稻荷神的事时，我也有同感。

神去村目前的村民都是现代人，为水源问题发生纷争，或有外遇情事时，已经不再去找稻荷神，而是直接告上法院。为了避免不公平，如今都使用泵和水闸，把神去河的水均等地引入农田。况且，神去村村民的平均年龄应该超过六十岁了，很少听到偷腥之类的事（**只有与喜经常精虫冲脑，下半身失控，但最近收敛多了**）。

不过，村民至今仍然很敬重稻荷神。每年三月都会有撒年糕的活动，因为我上山去工作了，所以没参加过这个活动，听说村里的女人每年都会去捡年糕。我想起有时候明明不是过年，美树姐会煮什锦年糕汤，或是黄豆粉麻薯来吃。

听说村民很热衷撒年糕活动，甚至还有“撒年糕电话联络网”。当有人盖新房子，举办上梁仪式时，屋主必定会撒年糕。左邻右舍就会相互用电话通知，“几月几日，××家从几点开始撒年糕”，把消息传出去。于是，全村的人（尤其是女人）纷纷前往。美树姐还有一个可以绑在身上的布制“捡年糕袋”。

美树姐说：“这样就可以用双手捡年糕，直接收进袋子里。”他们到底有多喜欢吃年糕啊！

清一哥曾经在结婚时改建房子。通常房子改建时不会撒年糕，但东家的地位毕竟不同，为了让村民分享这份喜悦，特意举行了盛大的撒年糕仪式，至今仍是村里的佳话。据说当时用了一俵的糯米。俵是用稻草编成的圆柱形草袋，一俵就是六十公斤。真搞不懂这里的村民到底是有多爱吃年糕。

不对不对，年糕不是重点，我在说稻荷神的事。

虽然目前“仲裁”的事不会再去拜托稻荷神，但据说稻荷神还有“找回失物”的力量，当村民遗失了什么东西，或是忘了把东西放在哪里时，就会去拜托稻荷神，于是想要找的东西就会在一个星期内出现。

“太虚幻了……”虽然我这么想，但据说很灵验，甚至有人特地开车从村外来参拜，太让人惊讶了。那间神社内既没有神官，也没有办公室，只是一个山上的小神社。

这次要来说说“寻找失物”。上次不是在最后提到山根大叔在路上徘徊吗？当时，我对神去村的稻荷神一无所知，但还是听了繁奶奶的话，向山根大叔打招呼……

那天，我从早上就坐在檐廊上等山根大叔经过。

我在小山难时右脚踝扭伤了，回家休息一晚后开始消肿，会不会是繁奶奶煮的枇杷叶水奏效了？虽然已经退烧，但还不能正常走路，也无法上山工作，整天窝在家里无聊死了。

与喜和阿锯上了山，繁奶奶去了久居的老人日间照护中心。在那里可以泡澡，也可以和朋友一起泡茶聊天，繁奶奶很期待每周两次的日间照护。平时她都搭交通车，不过那天美树姐开着红色小车送的她，因为把繁奶奶送到久居后，美树姐要顺便买个菜、跑银行。

我无所事事地躺在檐廊上，冬天柔和的阳光照进矮窗玻璃，即使不打开暖炉，朝南的檐廊也像温室一样温暖。上午，我看着庭院和棱线，不知不觉睡着了。虽然我原本想盯着家门前的那条路，但显然小山难的疲劳还没有完全消除。

我把美树姐准备的猪肉味噌汤和荷包蛋加热后，一个人吃着午餐。我这才发现自己从来没有独自吃过午餐，来神去村之后，早晚都和与喜一家人围在矮桌前吃饭，白天则在山上和同组的人一起休息。在横滨读书时，也都是和同学一起吃便当，或去学生餐厅吃饭；放学回家，老妈通常都在家。虽然我老爸老妈很过分，威胁我，硬逼我来山里工作，但现在回想起来，发现事情并不是我想的那样。

一个人吃饭，五分钟就可以搞定。打开电视，反而更衬托出饭厅的安静，让我浑身不自在……原来我是在大人的关爱下长大的死小孩。

吃完饭，我又回到檐廊，这次我努力盯着马路，不让自己打瞌睡。偶尔有邻居经过，发现我在檐廊上，就会向我点头打招呼。我不必担心他们觉得我“年纪轻轻不工作，成天闲在家里”，因为他们都知道我遇到小山难，扭伤了脚。与喜一定用夸张的演技到处去宣传过。可恶！

对了，今天不是假日，山根大叔白天也要上山工作吧？我终于想到这点，打算弃守檐廊时，山根大叔现身了。他和前一天一样，一直低着头走路。

他今天不用上山吗？他看起来不像要去什么地方，只是不停地在马路上、沟渠内张望，举止很诡异。

我打开檐廊的窗户，穿上拖鞋。

“山根大叔！”我叫了一声，打算站起来。可恶，痛死我了，看来走路仍然需要拐杖。

山根大叔抬起头左顾右盼，我坐在檐廊上向他挥手，叫着

“这里，这里”。大叔穿越庭院，一路小跑过来。

“你的脚不是受伤了吗？不可以站起来呢哪。”

虽然他很冷漠，整天板着一张脸，但人不坏嘛！山根大叔在我旁边坐下来。

“山根大叔，你今天也没上山吗？”

他只用叹气声回答我，低下头，看着自己的腿。他虽然不是坏人，但也太冷漠了。

我想起繁奶奶的建议，换了另一个问题。

“你掉东西了吗？有没有准备豆皮？”

我完全搞不懂这句话是什么意思，却没想到对山根大叔超级有效，他抓住我问：

“你真的认为只能去参拜了吗？”

“呃，参拜？去哪里参拜？”

“原来你根本不懂自己在说什么。”

“对不起，我是听繁奶奶说，你正在找东西……你掉了什么东西吗？”

“虎鱼啊！”

山根大叔压低嗓门说。

“啥？就是那个鱼干？”

“什么鱼干？对在山上工作的人来说，那是宝贵的守护神。”

我激怒了山根大叔，赶快跟他说“对不起”，山根大叔“啊——”地叫着，仰头看着天空。

“我是不是遭到诅咒了？一定是好运离我而去，才会把虎鱼弄不见了。”

山上的工作随时都有危险，有些人特别看重吉凶之兆。在中村清一组中，岩叔最严重。或许是因为之前发生过柜树神木那件事，让他更加相信。每天早上去神去山前，他都会合掌拜一下。平均三个月就有一次因为“嘛牙（总觉得）不太对劲”而请假，清一哥从来不会多说什么，反而也认为“要好好重视这种直觉”。听说如果有不祥的预感，但仍然坚持上山的话，有可能会发生意外。

清一哥和三郎老爹在山上经过大树时，必定会奉上茶水。感觉与喜不在乎什么兆头好坏，但在砍树之前，都会用斧头柄轻敲树木三次。据他说是在向山上的神明打招呼。

山根大叔在去年大祭时遇难，此后在上山时，就把虎鱼的鱼干放在怀里，没想到现在居然遗失了。难怪他会怨叹自己遭到诅咒。

“什么时候不见的？”

“就是你和与喜没办法下山的那一天。所以，即使是被人偷走的，也不可能是你们两个人。”

不要危言耸听好吗？即使有机会，我也不想偷那么恶心的鱼干。

山根大叔说，“案发”当天，他去参加了村里的集会。那天大家在集会所讨论如何进行大山祇神祭的善后工作，下地区、中地区和神去地区总共有十个人参加。集会在中午过后举行，大家一边喝茶、吃点心，一边谈事情，三点左右解散。

山根大叔是神去地区的代表之一。由于每年都会举行祭典，所以没什么重要的事需要讨论，只是报告经费的使用，抽签决定由哪个地区负责记录，讨论进行得非常顺利。最后，由东家清一哥总结报告集会决定的事项。

山根大叔在集会上得意地炫耀虎鱼干，说因为有了虎鱼，平安地度过了今年的祭典，都是虎鱼的功劳。然后，他还拿出随身放在夹克口袋里的虎鱼秀给大家看。

所有人轮流把虎鱼拿在手上打量，纷纷称赞“真的很厉害哪”“要好好珍惜呢哪”。山根大叔可得意了，结果因为喝太多茶，跑了两趟厕所。

讨论结束后，他急急忙忙离开了集会所。

“我不记得那时候虎鱼有没有在我口袋里。”山根大叔说。

因为他五点之前要打电话去木材市场，所以一心惦记着这件事。

从集会所走回他家不到五分钟，所以山根大叔没有开车。回家后，他就打电话给市场。打完电话后，他才惊觉虎鱼不见了。

“我立刻回到集会所，但没有看见虎鱼。我想到可能有人带回家了，但又觉得村里不会有这种手脚不干净的人，可能是我在回家的路上不小心掉了，所以到今天都还在找。”

我拼命摇头，以示清白。虽然我是外人，但不想被人怀疑。刚才山根大叔也说了，虎鱼失踪那段期间，中村清一组正在南山搬那棵巨大的栗树，各自分头作业。“会不会掉在路上，被猫或是其他动物叼走了。因为感觉和柴鱼条很像嘛……”

“才不像呢！”山根大叔又生气了，“我都说了是守护神，你还说像柴鱼条，小心遭到惩罚！”

恐怕连猫都不屑一顾，会直接跨过去吧（如果我这么说，他一定又会发飙，所以我就把话吞回去了）！这么说来，不就是有人拿走的吗？

最可疑的当然是参加集会的那些人。他们是有机会把虎鱼拿回家的，而且听了山根大叔的炫耀后，更知道那不是普通的鱼干。

我战战兢兢地说出以上的见解。

“别说傻话呢哪！”山根大叔数落我，“参加集会的那些人互相都很熟，不会偷别人的东西，不然你也很可疑啊！”

“为……为什么？”

“因为你在祭典的时候知道了虎鱼，搞不好很想要，又刚好看到掉在路上，觉得是‘天上掉下来的礼物’，就占为己有了……”

“等一下！”我几乎发出了惨叫声，“我的脚扭到了，不能走路。昨天清晨下山之后，我根本没走出家门半步。”

“我知道，刚才是开玩笑。”

山根大叔一脸严肃地点头。他真的知道吗？

这时，另一个可怕的疑问闪过心头。

“这么说的话，繁奶奶……”

“什么？你家的奶奶怎么了？”

在山根大叔的追问下，我吞吞吐吐地说出了自己的想法。

“繁奶奶好像知道你在找东西，她应该也知道你把虎鱼当宝贝。该不会是繁奶奶看到虎鱼掉在路上，所以就捡回家了？”

“繁奶奶年纪那么大了，连走路都不灵活了，她会一个人外出吗？”

嗯。但繁奶奶有时候动作很敏捷，搞不好她只是假装自己不灵活。

看到我有口难言的样子，山根大叔难得露出笑容。

“因为我告诉繁奶奶：‘我的虎鱼不见了，如果你刚好看到，麻烦告诉我。’所以，她当然知道我在找什么。”

原来是这样。听到住在同一个屋檐下的人没有偷别人东西，我松了一口气。山根大叔又告诉我：

“几乎全村的人都知道虎鱼的意义，一旦看到掉在马路上，一定会觉得‘这下子不好了’，赶紧物归原主。”

怎么会这样？我忍不住想。山根大叔完全基于人性本善的角度思考，但反过来说，这也代表村里所有人都可能是嫌犯。正因为大家都知道虎鱼很重要，所以在集会所和路上看到山根大叔不慎遗失的虎鱼时，就动了邪念，占为己有了。

中村清一组的成员在集会时间都有不在场证明，但是，如果是虎鱼干掉在地上，被人捡走了呢？如果从小山难生还的与喜刚好在路上发现虎鱼，搞不好会觉得“噢，太幸运了哪”，然后捡回家。我觉得他很有可能做这种事。

想到一下子冒出这么多可疑的嫌犯，我忍不住烦恼起来。山根大叔坐在一旁思考着什么。不管怎么说，来者是客，我是不是该倒茶给他喝？但如果他看到我走去厨房，搞不好会怀疑我："既然你可以走动，果然就是你干的！"

山根大叔不理会我内心的犹豫，猛然站了起来。

"事到如今，只能去拜托稻荷神了。"

"稻荷神？"

"对啊！"

我坐在原地，沉默地抬头看他。山根大叔转头看着我，用力点了点头。

"勇气，你跟我来！"

我说了我脚痛，山根大叔还是硬要我陪他。他刚才不是还在担心我，说什么"不可以站起来"吗？我只好擅自借用繁奶奶的拐杖，好不容易穿越庭院，来到家门前的马路上。山根大叔回家去开小货车了（据说因为担心虎鱼的下落，所以他无心上山工作）。

我坐进副驾驶座，山根大叔立刻启动小货车，先去桥头的百货店（就是美树姐的娘家，神去地区唯一的商店）买了一盒豆皮。我坐在副驾驶座上，很纳闷为什么要买豆皮。

山根大叔把豆皮放在我腿上，继续开着小货车，沿着神去河驶向上游。神去村原本就没什么住户，渐渐地，周围越来越看不到房子。小货车过了一座小桥，经过岩叔家门口，来到没有铺柏油的路上。

山根大叔把小货车停在一座有很多常绿树、山顶看起来圆圆的小山山脚下。我拄着拐杖，费力地从副驾驶座下车。大叔手持从我腿上拿走的豆皮，走在坡度和缓的狭窄山路上。我完全搞不清楚状况，拼命跟在他身后。

头上是满满的树枝，遮蔽了天空。山上昏暗阴冷，吐出的气都是白色的。太阳还没有下山，却已听不到鸟啼，周围一片寂静。山路的右侧有一条汇入神去河的小溪，不时传来流水声，地面湿湿的。

我心里有点发毛。山根大叔走在前面，虽然他带我来这种莫名其妙的地方，但他健壮的背影看起来格外可靠。

由于扭伤的右脚很痛，我走得很慢，但不到五分钟，就看到一座木制的小鸟居出现在前方。原以为鸟居是朱色，没想到油漆已经脱落，鸟居也开始腐朽倾斜。鸟居后方有一间对开格子门的老旧神社，守护神社的不是石狮，而是两尊狐狸的石像。其中一只狐狸叼着球，另一侧的狐狸叼着书卷。圆滚滚的狐狸和这座山的外形相同，有一种一致的幽默感。

我完全不知道这里有稻荷神。我四处张望时，山根大叔已经把零钱投进了格子门前的油钱箱（这个油钱箱小得像扑满，而且很旧），又拿出那盒豆皮，放在油钱箱旁的白色盘子上，最后用力摇着吊在神社前的铃铛。挂铃铛的绳子已经褪色，而且快腐烂了。我在一旁看得提心吊胆，很怕绳子被他扯下来。

山根大叔拍了手后，低头拜托神明。

“稻荷神，稻荷神，我的虎鱼不见了，请你帮我找回来，拜托了。”

第一次看到有人在神社参拜时说出许愿的内容。我惊讶地站在一旁，山根大叔转过头，凶巴巴地对我说：

“勇气，你有没有听到？”

“有。”

“那你也来拜托。”

为什么连我也要拜托？虽然我心里这么想，但山根大叔的气势逼人，我只能在这诡异的神社前双手合十。

“你不说出来，稻荷神怎么听得到？”

算了，我豁出去了。

“稻荷神，稻荷神，请你完成山根大叔的心愿，拜托了！”

山根大叔心满意足地点着头。为什么一把年纪的大人，要我陪着他做这么虚幻的事？有时候真的搞不懂神去村的人。

山根大叔得意扬扬，我拄着拐杖摇摇晃晃地离开稻荷神社。

这时，刚好收工回家的岩叔从自家后门走了出来。

“这不是勇气吗？”岩叔笑着向我挥手，“你在这嘛地方（这种地方）干什么？脚已经好了吗？听说吃了不少苦头？”

对，小山难让我吃了不少苦，现在也被山根大叔耍得团团转，正在吃苦头中呢！

岩叔发现小货车后方的山根大叔，收起了笑容。

“原来你和山根在一起，该不会是去参拜稻荷神吧？”

“是啊！”

山根大叔回答。

“你掉了什么东西？”

“我的虎鱼。”

“原来是虎鱼啊，那可不太妙啊！”

岩叔走了过来，轻拍我的肩膀。“勇气，原来你来当见证人。”

“啥？见证人？”

我只是傻傻地站在旁边而已。看到我偏着头纳闷，岩叔和山根大叔向我说明。

“去参拜稻荷神时，一定要有见证人。”

“要见证去参拜的人想要找什么，想要拜托稻荷神什么事。”

当时，我还不太了解稻荷神，只有“噢，原来如此”的感想而已，之后繁奶奶才告诉我关于稻荷神的传说、习俗。了解这些之后才知道，稻荷神讨厌别人说谎，为了避免有人单独参拜时请求只对自己有利的结果，所以需要见证人在一旁牵制。

“山根，你按照规定参拜，稻荷神一定会帮你找到虎鱼。”

岩叔用充满确信的语气断言。虽然知道岩叔向来笃信神明（搞不好是迷信），但也未免太夸张了。狐狸主神八成吃了供品的豆皮，才不去管什么虎鱼呢！

虽然我这么认为，但看到山根大叔一脸“太好了”的表情，我也就点头敷衍了一下。

告别岩叔后，山根大叔把我送回家，与喜、阿锯和繁奶奶已经回家了，美树姐正在煮饭。令人惊讶的是，与喜他们已经知道我跟山根大叔去拜稻荷神的事了。我猜是岩叔打电话告诉他们的，但消息之快，简直就像心电感应。

“你怎么可以到处乱跑，不留在家里看家呢？万一脚伤好不了怎么办？”

美树姐的表情超可怕，但大家平常出门时就从来不锁门，根本不需要看家吧？虽然心里这么想，我还是乖乖地向她道了歉。

“虎鱼干这种东西，再重新晒就好了啊，山根还是那么小家子气。”与喜笑着说。

我就说嘛，那只是普通的鱼干而已，但我不想被认为和与喜有同感。

吃晚餐的时候，繁奶奶告诉我很多关于稻荷神的事。和午餐时不同，每道菜都觉得很好吃，不知道是因为大家围在一起吃饭，还是脚踝已经不痛的关系。

与喜烧好水后，我泡了澡，换了药布就睡觉了。想到明天可以上山工作，我就忍不住兴奋，就像明天要去远足的心情。

隔天，整个神去村的人都知道山根大叔和我去参拜稻荷神的事了。这个村庄没有其他话题了吗……

各位读者，千万不要被吓到，因为虎鱼竟然找到了！

在我们去参拜的第三天早上，山根大叔醒来，打开窗帘时，发现虎鱼干就放在露天的檐廊上。虽然被朝露沾湿了——不知道是不是因为太冷而收缩了，而且比之前更硬了——但绝对没错，就是山根大叔的虎鱼。山根大叔感激不已，认为一定是稻荷神在晚上送来的，于是又带了两盒豆皮去还愿。

得知这个消息后，我很兴奋。稻荷神，简直太厉害了！是不是狐狸找到掉在某个地方的虎鱼，所以拿来还给山根大叔？我竟然产生了这种充满日本民间故事的想法。虽然之前完全不相信，但没想到稻荷神的力量名不虚传。

那天刚好是星期六，我的脚终于好了，于是借了与喜的小货车去直纪家，打算邀她去兜风。我有很多话想告诉她。

我拉开玄关的门，对屋里喊了一声：

“有人在家吗？我是平野勇气。”

等了一会儿，直纪来到门口，一脸愁容。

“你怎么了？身体不舒服吗？”

“不，没这回事呢哪。家里有点乱，你进来吧！”

我来到饭厅，不禁吓了一跳。她家乱成一团，才不是只有一点乱而已。报纸、文件散落一地，我从木门的缝隙向隔壁房间张望，发现衣柜的抽屉都打开了，衣服被拉了出来，桌上堆着首饰和文具。

上次来的时候，她家整理得很干净，到底发生了什么事？

“你家遭小偷了吗？”

“不是。”直纪无力地回答，从报纸下拿出茶杯说，“我从昨晚就开始找一样东西，一直找不到，不知道去了哪里。”

太巧了。神去村到处都有人找不到东西。我喝着直纪用茶包泡的红茶，把山根大叔的“虎鱼事件”一五一十地告诉了她，还提到稻荷神找失物的神力很强。

直纪不知道山根大叔找到虎鱼的事，更不知道稻荷神。直纪在学校教书，和我们这些在山上工作的人虽然住在同一个村庄，但接触的文化和交际的范围不太一样，而且直纪也不是本地人。虽然比我更早适应神去村的生活，但传闻和八卦不容易传到直纪耳边，也许是村民对她有所顾忌吧！如果突然告诉她“因为稻荷神的保佑，找到了虎鱼干”，直纪肯定会吓到。

直纪充满好奇地听我说这些事，最后下定决心，点点头。

“你带我去参拜稻荷神。”

“好，马上就去。你什么东西不见了？”

“钢笔。”直纪有点害羞地说，“这是我开始工作时，清一哥送我的礼物，我一直很珍惜，没想到现在找不到了。”

搞什么，原来和清一哥有关。我有点失望，但没有表露出不开心的样子。因为我刚刚还吐沫横飞地说稻荷神多么灵验，现在总不能说“这种钢笔，掉了也没关系”。话说回来，我整天对直纪说我喜欢她，如果是正常人会在我面前提到清一哥吗？

而且还说什么“我一直很珍惜”。好，知道了，我和身为东家的清一哥不同，只是薪水微薄的小员工，从来没有送直纪任何礼物。唉，我怎么可能不自卑嘛！

难道直纪是坏女人？故意在我面前提到清一哥的名字，让我心生嫉妒吗？果真如此的话，我要甩了她。

虽然我很想强硬起来，但谁叫我喜欢她，当然也就不敢说这种话。我让直纪坐在副驾驶座，我开着小货车去稻荷神社。直纪拿着家中冰箱里的豆皮，看着沿途的风景。

“我很少来神去地区这么里面的地方。”

“是嘛！”

“我完全不知道有稻荷神。”

“是嘛！”

我冷冷地回答，直纪似乎察觉到“不太对劲”，一脸担心地看着我。我不理会她，她终于不再说话了。

啊呀啊呀啊呀，怎么办？直纪生气了。虽然我这么想，但如果现在屈服，直纪永远都忘不了清一哥，我偶尔也要表现得像个男子汉。

虽然快憋不住了，但我还是板着脸，忍着不说话。最后，车在稻荷神社的那座山下停住了。

“走吧，就在这里。”

我带头走在狭窄的山路上，这天的山路也很暗，因为旁边那条小溪的关系，空气很潮湿。

“不知道这里会不会有蛇。”

直纪说话的声音很不安，我终于再也按捺不住，回答说：

“听说蛇都会咬第二个人。”

咚。背后一阵冲击，我还以为是蛇扑了上来。扑过来的当然是直纪，她抓紧了我的工作服，用力把我向后拉。

“你走后面。”

“啊，我的脖子被你勒得好不舒服……直纪，请你镇定，现在是蛇冬眠的季节。”

“真的吗？”

直纪终于松了手。

“真的，对不起，我不该和你开玩笑。”

“你这个人太差劲了。”

直纪很生气，但还是紧跟着我，走在通往神社的山路上。原来直纪怕蛇。我可以近距离感受到直纪的体温，不禁暗自得意。不行，不行，刚才不是打算装酷吗？我真是太容易心软了。

来到神社后，直纪完全按照我传授的方式去做。首先投了香油钱，供了豆皮，摇了铃铛。（**山根大叔供的豆皮已经不在盘子上了，真的是稻荷神吃掉的吗？**）

“我找不到很重要的钢笔了，请稻荷神帮我找到钢笔。”

直纪出声祈祷后，合掌闭上眼睛，拜了很久。如果我下落不明，直纪会这么虔诚祈祷吗？可能她不知道我遭遇小山难的事，才没有问起，我快要妒火焚身了。

拜完后，我们一起回到车上。如果被岩叔看到，一定又要调侃我一番。我浑身警戒，幸好岩叔可能和他太太出门了，后门毫无动静。

直纪坐在小货车的副驾驶座上，把原本装豆皮的袋子整齐折好，还打了一个结，简直就像以前的人在折情书。我想启动车，但直纪仍隔着挡风玻璃，看着稻荷神社所在的那座山。她似乎很在意那支钢笔。

“直纪，系好安全带。”

“哦，好。”

直纪似乎终于回过神来，系好了安全带。我挂挡后，踩了油门。

“要不要去哪里走一走，还是直接回家？如果你要整理家里，我可以帮忙。”

唉，我还是无法装酷到底，但直纪似乎没有听到我说话。

“我问你，你刚才是不是在生气？”

“我吗？”我对她展露笑容，“我才没有生气。”

“骗人，你突然不高兴，我也觉得莫名其妙。到底为什么？”

直纪，你要我自己说理由，也未免太残酷了吧！为了转移话题，我故意假装开朗地问：

“你最后一次看到钢笔是什么时候？”

直纪虽然有点不满，但还是回答：“前天，那天一大早我就牙齿痛。”

“蛀牙吗？”

“对，我平时都叮嘱学生认真刷牙，自己却蛀牙，太丢人了哪！”

直纪打电话预约了牙医，放学后，立刻骑摩托去久居。离开办公室时，慌忙把桌上的钢笔放进了包包里。

“那是我最后一次看到钢笔。如果是平时，我一回家就会拿出来放在桌子上……昨天早上，我准备去学校时，一看笔盒，发现钢笔不在里头。我把包包里的东西都倒出来找，却怎么也找不到。难道是我弄丢了吗？”

她利用课间休息时间打电话问了牙科诊所，也在教师办公室桌上找了半天，仍然没有找到。于是，她从昨晚开始就在家里展开钢笔大搜索。一个晚上就可以把房间弄那么乱吗？她的能量和动力太惊人了。

我根据直纪的说明，想象着如果是自己，会做出怎样的举动。人往往不会对自己习惯性的行为有特别的意识，如果把钢笔放进了皮包，应该像平时一样，最先把笔拿出来。

“对了，你去看医生时，有没有带医保卡？”

我问。

“有啊！”

“你有没有确认放医保卡的地方？会不会把钢笔拿出来后，不小心和医保卡一起放在哪里了？”

“这倒有可能。”直纪露出兴奋的表情，“你开得真慢呢哪！开快点，开快点！”

虽然直纪拼命催促，但我还是遵守速限，穿越了神去河河畔。一到直纪家，她立刻跳下副驾驶座，用力推开玄关的拉门冲了进去。

差不多快傍晚了，如果擅自踏进直纪家恐怕会挨骂，而且左邻右舍也会看到。我站在门口，战战兢兢地向屋内张望，只听到里面传来哐当、咚隆的声音。

“找到了！”屋内传来一声叫喊，直纪右手举着钢笔跑了过来，“你说对了，我和医保卡一起放进保险箱了。”

直纪冲得太用力，几乎扑进我怀里。我把双手轻轻放在她肩上，稍微后退了半步。如果和她贴得太近，邻居的观感不佳，而且我身体的某个部分也会不安分。

直纪手上拿着一支深绿色的钢笔，很适合她。想到这是清一哥为她挑选的，嫉妒差一点再度像火山一样从头顶爆发。

直纪兴奋地抬头看着我。

“勇气，谢谢你，多亏有你。”

天哪，直纪居然叫我的名字，我的耳朵快要喷出蒸气了。虽然我感到头晕目眩，但还是努力假装自己是沉默寡言、不苟言笑的大男人。

“不，我什么都没做，都是稻荷神的功劳。”提到稻荷神，或许不像是大男人说的话，但无所谓啦，“要不要我帮你整理房间？”

“不用了，我自己整理就好了，真的很谢谢你，改天见。”

她巧妙地把我赶走了。我垂头丧气地走回货车，正想上车时，发现直纪跟在我身后。

“啊，你怎么都没声音？”

"因为不太好意思开口叫你。"直纪说完后笑了笑，她手上还拿着那支钢笔，"你刚才是不是在吃醋？"

为什么问得这么直截了当？她为什么无法理解男人想要帅气离去的心情？

"如果是的话呢？"

"虽然你在吃醋，但还能设身处地为我着想，我觉得你是个很棒的孩子。"

孩子？别小看比你年纪小的男人。我从容一笑（**脸颊的肌肉搞不好有点抽动**），说：

"我又不是你的学生。"

但直纪说的话更有攻击力。

"废话，如果对学生有这种感觉，我就是变态老师。"

我的脑袋有三秒钟完全空白，随即开始思考："怎么了，怎么了？她刚才说什么？"

"这种感觉"是怎样的感觉？

直纪不理会脑筋一片混乱的我，继续说下去：

"至今为止，我向来对喜欢我的男人没兴趣，不过偶尔也不错啦！"

嗯，我完全听不懂，哆啦A梦，可以借我翻译蒟蒻吗？

“呃……你对喜欢你的男人没有兴趣吗？”

“对，大部分男人会喜欢对自己有好感的女人，但大部分女人的态度则相反，会认为‘他为什么喜欢我？他觉得我还不错？可见他眼光不怎么样’。”

“这也太小看自己了！”

“或许吧！不过你不断对我发出‘喜欢喜欢光线’，所以好像有点被你打动了。”

我不记得自己曾经发出这种奇怪的光线，但她被我打动这件事太令我高兴了。

“所以，你愿意和我交往了吗？”

“傻瓜，我只是有点被你打动而已。”直纪向后退了一步，闪避我伸出的手，“不过，下次可以答应和你约会。”

根、本、和、之、前、没、什、么、两、样、嘛！

算了，就发挥耐心和她继续耗吧！我叹着气，直纪用左手摸着我的脸。干吗？我搞不清楚状况，抬起头的同时，直纪微微踮着脚，突然亲了我一下。

干燥而柔软的嘴唇一下子就抽离了。

“再见，路上小心。”

直纪转身走进家门。我目送她的背影，握住拳头，忍不住嘀咕了一声："赞啊！"

没有人看到她亲我。我整个人都飘飘然起来，却还能安全开车回到家里，只能说是奇迹了。

神去村没有求姻缘的神明吗？如果有的话，我会去拜一百次。

周末过后，我像往常一样，和同组的人一起上山工作。午休时间，我把直纪的事告诉大家，当然不是她亲我的那件事。我当然得把这件事藏在心里，以免被大家吐槽到死。

对了，不能让繁奶奶看到这段文字。繁奶奶不会开电脑，我不在家的时候，不用担心她会偷看，但如果被她看到，就会吵着"让我看看"。我看还是找机会跟她说"我现在已经不写了"比较保险。

先别管这些，我告诉大家，在拜完稻荷神后，直纪找到了失物。

"真的超验灵。"

我兴奋地说。

"勇气，是超灵验！"

清一哥小声地纠正我。原来如此啊，我之前的内容中写成"验灵"了，要记得订正。（ps.我已经订正了，改成了"灵验"，如果你们很闲，不妨确认一下。）

“那只是巧合而已。”

与喜冷冷地说。

“才不是巧合。”我反驳说，“山根大叔的虎鱼也在拜了稻荷神后马上找到了。”

除了我，所有人都相互看了几眼，扑哧笑了。干吗？感觉很诡异。

“勇气真是好孩子。”

三郎老爹用好像在摸头的语气说道，我又被当小孩子了。

“没什么好不好，我很普通啊！与喜，你为什么笑成那样？”

与喜仍然笑得肩膀发抖，却睁眼说瞎话：“我没笑啊！我的表情很普通啊！”然后他移开视线，把水壶里的水倒进用树叶为阿锯编的盘子里。

“关于山根那个虎鱼的事，”岩叔很勉强地开了口，“并不是稻荷神送去他家，八成是之前偷虎鱼的人还回去的。”

“什么！”

我太惊讶了，大声叫了起来，差点把杉树上的树叶都震下来。

“你应该相信有圣诞老人吧？”

与喜嬉皮笑脸地插嘴奚落我。

“谁偷了山根大叔的虎鱼？”

“只知道是村里的人，至于是谁就不知道了。”三郎老爹语气平静地说，“但就让这件事过去吧！既然虎鱼已经找到了，现在也没必要揪出小偷惩罚呢哪！”

哇噢，这种解决方式未免太轻轻放下了吧，这样真的好吗？

“在村庄里，人际关系最重要，也最麻烦。”清一哥微笑着说道，“最好不要因为虎鱼的事引起任何风波。”

“所以，根本没有稻荷神吗？”

我原本以为他很厉害，对他深信不疑，所以非常失望。

“不，勇气，那你就错了。”岩叔说，“你觉得那个偷走虎鱼的人，为什么又偷偷拿去还他？”

“因为他觉得自己做错了吗？”

“这也是原因之一，但是因为得知山根和你去拜了稻荷神，所以才让那个人开始反省。”

“什么意思？”

“他是在村子里土生土长的人。”与喜骄傲地说，“只要是在村子里长大的人，从童家的时候就知道稻荷神的可怕，说谎的人、偷东西的人都会遭到惩罚哪！”

“小偷是因为怕遭到稻荷神的惩罚，所以才把虎鱼还给山根大叔吗？”

“没错。”岩叔点点头，“有人说，不相信神明就不会被神力惩罚。而目前大家仍笃信稻荷神，所以他法力无边。”

谜底揭晓后，让我有一种“怎么会这样”的感觉。虽然稻荷神号称能够保佑人找到失物，没想到最后还是取决于小偷的恐惧和良心。

不过，这或许就是稻荷神的无边法力。

一旦相信稻荷神，讨厌说谎、喜欢清洁的稻荷神就会进入内心，信众就不会做坏事，因为稻荷神会随时监视、惩罚做坏事的人。即使有人偶尔鬼使神差地做了偷鸡摸狗或不正当的事，内心的稻荷神就会发威，让人“回归正道”。

也许这就是神明扮演的角色，他们不是在遥远的天边，而是在我们的心里，随时观察我们的言行举止，观察我们在说真话或假话。

我渐渐爱上了稻荷神，决定日后也要去参拜。狐狸的石像也很可爱。我打算改天去山上找适合的木材，为稻荷神社盖一座新鸟居。

寻找失物的话题到此结束。

啊，直纪和我的恋爱到底会有什么发展呢？虽然我们已经亲过了，（**无论回想多少次，都还是那么美妙！**）之后该怎么办呢？我是不是该强势一点？哎哟，我快迷失方向了。

各位读者啊，请你们真心为我加油，祝福我的恋爱一切顺利。

我还是去拜一下稻荷神，希望下次可以给各位带来好消息……

第六夜　神去村的圣诞节

啊呀呀！好险，今年差一点就要在无法为各位提供新话题的状况下结束了。

正如上一次向大家报告的，我和直纪亲亲了。正确地说，并不是“亲亲”，而是“她亲了我”，总之，我们的嘴唇有了第一次亲密接触。啊，我们合体了，我们结合了！

对不起，全是我在瞎扯。并没有合体或是结合程度的“舌吻”，只是很有礼貌、很节制的“啾”而已。即便如此，这也是光辉灿烂的一刻啊！哇噢，哇噢！我都觉得“啾一下搞不好就能让我怀孕了”。哇噢，哇噢！

只是接个吻，已让一个男人觉得自己怀孕。我的想象力、我的爱快爆炸啦！

各位，对不起，我太兴奋了，你们应该读得很不舒服吧？我也觉得自己很变态，但就是无法克制内心的激动！我裤裆里的小勇气快变成暴坊将军[1]了，幸好爷爷跑出来规劝，“大人，请安分”，只能故作平静地把米麸丢进池里喂鲤鱼。“爷爷”的发音居然和“自慰”相同[2]……以我目前的状态，无论看到什么，听到什么，都会自动联想到下半身，简直就和青春期的少年没什么两样。平野勇气，已经二十岁了。对了，与喜家的庭院没有鱼池，那只是打比方而已。

只要回想起和直纪的亲亲，我的心脏就像小鹿乱撞，很想大叫着“哇噢，哇噢！”在山上狂奔。直纪，不管是合体还是结合，我已准备就绪，随时听候差遣！我很想把在山上捡的漂亮羽毛插满头发，以激烈的节奏大跳求爱舞。

——事实上，我不会这么做，何况我根本没机会见到直纪。十二月中旬，直纪每天忙着写期末评语、开会，我好几次收工下山后去找她，她都不在家。听说学校老师几乎都在加班，即

1 《暴坊将军》（暴れん坊将軍）是讲述江户时期幕府将军德川吉宗微服私访惩恶扬善的电视剧，剧中吉宗将军的性格激昂豪迈，被民众称为“暴れん坊将軍”。

2 “爷爷”在日语中也可读作“じい”，与“自慰”读音相同。

使太阳下山、天色已暗，神去小学的教师办公室仍然灯火通明。

我想到以前曾送直纪回家的那个男同事，想到直纪在学校和他待在同一个办公室，就忍不住咬牙切齿，几乎要把臼齿咬回牙肉里，但还是努力克制内心的妒火。嫉妒心强的男人惹人厌，不过我已经把那男人的底细查得一清二楚了。

神去村的村民彼此都很熟，只要随便问人，就可以掌握大致情况，所以我问了美树姐。

“神去小学的年轻男老师？噢，你是说奥田老师吧？听说他原是名古屋人，来三重县读大学，目前一个人住在久居，每天开车上下班。”

与喜夫妇没有孩子，和神去小学没有什么联系，居然知道得这么详细。美树姐消息太灵通了。

对方不知道我，但我已经得知他姓奥田，我领先了一大步，但也可以说奥田根本不认为我是竞争对手……总之，奥田，我绝对不会输给你！如果你想在圣诞节跟直纪约会，我会彻底粉碎你的计划！

没错，我暗自盘算和直纪共度圣诞节（**如果可能，希望从圣诞夜开始一直到圣诞节都待在一起**）。我已经从山太口中得知，神去小学今年在十二月二十五日举行第二学期的结业式，直纪不可能熬夜写期末评语吧！所以，我猜想，直纪在圣诞夜应该比较有空。

神去村并没有可以在圣诞节约会的景点，如果奥田抢先一步约直纪前往名古屋或是津共度佳节就惨了。不管怎样，我都要比奥田更早约直纪。只不过二十四日还要上山工作，即使与喜愿意把小货车借给我，恐怕也无法去太远的地方。即便如此，我还是希望和她在一起。最好的方法就是直接打电话去直纪家，但我迟迟没有行动。

因为在接吻之后，如果圣诞节约会遭到拒绝，我恐怕会无法承受。直纪很可能会不假思索地回答“不行，我很忙”。她虽然很重感情，但对喜欢她的男人很平常心，有点太矜持，不过这也是她可爱的地方（我也学会大人的从容了）。

万一被拒绝怎么办？我无法摆脱这种负面的念头，所以至今没有采取行动。不过，我仍然卖力工作，我们要在下雪之前，砍伐神去地区山上的树木运送下山。

砍伐树木尤其危险，所以分心不得。这个季节山上的斜坡比较干燥，容易作业，但需要搬运的树木却很重。我们会使用重型机械，但大部分仍要借助人力。我每天累到散架，回家后根本无力思考其他事，甚至吃晚餐时吃到睡着。

“你突然倒在矮桌上，我还以为你挂了。”与喜调侃我。

听说我的额头用力撞到矮桌后，仍继续呼呼大睡，与喜只好帮我盖上被子。

与喜和美树姐都知道我曾开着小货车载直纪去兜风，所以很在意我们的进展。繁奶奶悄悄地问我：

“你们是不是亲了？”

那天，我在自己的房间快睡着了，听到繁奶奶的问话后从被窝里跳了起来。

“你怎么知道？”

繁奶奶跪坐在被子旁（她什么时候进来的？），一脸笑嘻嘻的。

“靠念力。”繁奶奶对着放在房间角落的电脑，像魔术师般举起双手，“这样就可以看到里面的内容。”

“少骗人了，电脑根本没开机。”

“我吃的盐比你吃的米还多，我吃的盐比你吃的米还多！”

繁奶奶好像在念咒语般嘀咕着，摇摇晃晃地站了起来，走去隔壁房间。

太可怕了。

繁奶奶不知道怎么开机，难道她在套我的话？不过，我的文档就放在电脑桌面，是不是该藏好？虽然我闪过这个念头，但最后还是不敌睡魔，进入梦乡。

在砍伐和运送作业的空当，我在山上找到适合盖稻荷神社鸟居的桧木。那是弃置在斜坡上无法贩售的疏伐木材，没有腐烂，且已经彻底干燥，我请岩叔放在小货车车斗里载下山。

然后，我在岩叔家的庭院制作鸟居，在岩叔的协助下总算完成了。我制作的鸟居很小，横梁使用钉子固定，刚好可以让大人通过。岩叔还帮忙漆上了一层家中仓库存放的亮光漆。鸟居虽然没有颜色，但仍然很美。

完工后，力大无比的与喜赶来帮忙，我们三个人一起把鸟居搬去稻荷神社，把旧的换下来。虽然顺便参拜有点没诚意，我们还是拜了一下。稻荷神只对寻找失物有效，所以我该怎么拜托和直纪之间的事呢？该说“她偷走我最宝贵的东西——我的心”吗？如果直纪因此遭到惩罚就惨了。

我在神明前合掌时，与喜斜眼看着我，嬉皮笑脸地说：

“如果你有事要拜托，就要大声说出来啊！”

“这是稻荷神社的规定。”就连岩叔也在一旁点头起哄。

我豁出去了，大声说：

“拜托你让我和直纪在圣诞节约会！”

稻荷神会不会不知道怎么处理不是他管辖范围的愿望?

我可不是只有制作鸟居的本事。

星期天傍晚，山太来找我。与喜家向来不锁门，山太在门口喊：

“午安。”

我从饭厅探出头。

“噢，山太，进来吧！”

山太跨过门槛，走进玄关，但他没有进到饭厅，而是一副心神不宁的样子站着。

“怎么了？站在那里不冷吗？上来有暖炉桌！”

“不，不用了。”

他看起来不太对劲。与喜、美树姐和繁奶奶原本在饭厅看电视，但现在所有人的目光都集中在山太身上。他的头压得更低了，过了一会儿，终于抬起头对我说：

“勇哥，我问你……”

“怎么了?”

“你知道圣诞节吗?”

“这……”

我一时说不出话来。我其实很惊讶，原来山太以前不知道，但我认为倒也很合理。因为，神去地区位于神去村最深处，整个神去地区只有山太一个学生，大部分是老爷爷、老奶奶，清一哥又是个重视村庄习俗的“东家”，所以不过西洋节日。山太上了小学，交到同龄的朋友后，终于知道有圣诞节。

这个问题要好好想一下才能回答。如果我说“知道”，山太觉得“只有我不知道”，恐怕会受伤。而且，清一哥搞不好有自己的想法（**比方说，不理会异国习俗，不在生日以外的节日送礼物给小孩子等**），所以之前没有让山太了解圣诞节。

没想到与喜大声地说：

“太惊人了，山太，你居然不知道圣诞节？”

这个世上没有比与喜更不懂得察言观色的人了，听到他这么神经大条的发言，山太快哭出来了。

“我知道！”我慌忙说，“但圣诞节其实没什么了不起啊！”

哎呀呀，我这是搬起石头砸自己的脚，真相是我不敢邀直纪，所以可能会让今年的圣诞节变得“没什么了不起”而已。

与喜看到山太哭丧着脸，似乎也有点慌了。

“对啊对啊！”他赶紧附和我，“山太跟圣诞老人只有名字发音一样而已[1]，况且圣诞老人是个满脸白胡子的老头子，只会在半夜溜进家里。”

圣诞老人既不是小偷，又不是妖怪，拜托你别乱说。

美树姐终于看不下去了，忍不住加入对话：

“山太，来吃橘子。”

“好，谢谢。”

山太坐在饭厅角落，吃着美树姐给他的橘子。他仍然没有脱下鞋子，双脚悬在泥土地上摇晃着。

“所以呢？”美树姐看到山太的心情稍微平静后问道，“你知道圣诞节是怎样的节日吗？”

“妙妙和实广（应该是他同学吧）说，圣诞节要装饰一棵很大的树，就像七夕一样吗？”

“嗯，不太一样。”我说，“圣诞节的应该是星星、镜球之类的装饰。”

“我吃完了。”

山太把吃完的橘子皮整齐地折好，放在我手上（他还真守规矩），偏着头问：“是这样啊！还有啊，吃了炸鸡睡觉后，圣

1　日文中“山太”与“圣诞老人”拼音一样为サンタ（santa）。

诞老人就会把礼物放进袜子里。我睡觉都不穿袜子，所以圣诞老人都没来我们家吗？”

是这样吗？我不知道该怎么回答。山太口中的圣诞节和我知道的圣诞节有微妙的差异，有点像唬人的咒术。

“反正听说很好玩，我也要过圣诞节！”

听到山太的决心，坐在饭厅的大人都面面相觑。与喜用眼神向我示意，“这件事交给你处理”，我只能代表大家发问：

“那你有没有问爸爸？”

“嗯。”

“清一哥怎么说？”

“他说考虑考虑，爸爸要考虑什么？”

“可能要考虑是不是不要锁大门，让圣诞老人可以进来吧！”

“我家从来不锁门啊！”

“那可能要考虑做炸鸡的话，要买多少鸡肉。”

“是这样吗？”

山太似乎不太满意，他爸爸似乎不想让他知道有圣诞老人。

“天色暗了，赶快回家吧，我送你。”

我岔开话题，和山太一起走向清一哥家，与喜也跟了过来。无论来清一哥的家里多少次，我还是觉得他们家很大。玄关旁挂着“中村林业株式会社”的大招牌。山太打开玄关拉门，说了声“我回来了”。佑子姐正在厨房里准备晚餐，味噌汤的香味从厨房里飘出。

“山太，你回来了，你刚才去了哪里？功课做好了吗？”

“还没！”

山太理直气壮地回答，向站在门口的我和与喜挥了挥手，走进屋内。

“赶快去做功课。”

佑子姐用勺子搅动着锅子时转过头，看到了我们，露出笑容：“啊，你们好……”

与喜“嘘”了一声，打断佑子姐，无声地动着嘴巴，又搭配手势问佑子姐：“清一在吗？”

佑子姐点点头，对着里面榻榻米房间叫了一声：“老公，你来一下。”

清一哥探出头，看到我们后，穿上拖鞋，走了过来。

“怎么了？发生什么事了？”

“稍来下（来这里一下）。”

与喜抓着清一哥的手臂，把他拉到庭院。“山太发现有圣诞老人了。”

清一哥先是愣了一下，露出“你在说什么？”的表情，随即“噢”地点了点头。“他这阵子一直吵着‘要过圣诞节呢哪’。”

“那就让他过啊！”与喜说。

“因为是东家，所以不能过外国的节日吗？”我问。

“不，那倒没问题。”清一哥笑了，“只不过，山太想要一台超合金玩偶，是星期天晨间儿童节目里的角色成员。”

“买给他就好了呢哪！”与喜很阔气地说。

“要五千元左右。”

“那还真贵。”他马上就缩了回去。

“山太早晚要继承中村林业。”清一哥抱着双臂说，“如果把他培养成一个奢侈的东家，无论对山林，还是在山上工作的人都很不幸，所以我还在烦恼该怎么处理圣诞节的问题。”

原来清一哥在栽培山太时已经考虑到神去山林的未来了。我实在太惊讶了。那些穿着帅气的衣服，开跑车，想要生活在没有危险、没有虫子的环境的人，的确不适合做林务工作。

我记得刚来神去村时，总是抱怨“这里不是冷得要命，就是热得要死，工作累死人，简直糟透了”。但是，时间一久，渐渐被山林的美丽和魔力吸引。每当一阵风吹过山坡，树叶摩擦的声音、泥土潮湿的气味、流动的云投下的阴影，以及动物躲在树丛后的动静，所有感觉都像渗进了皮肤似的，有一种说不出的舒服自在。在山上开小货车比较方便。不管穿什么衣服，也只有鸟和猴子会看到。我现在觉得只要直纪不讨厌，穿什么都无所谓。每天只要吃饱、睡饱，能够上山工作，就别无所求了。

这么一想就发现，搞不好我根本不适合都市生活。高中毕业之前我都住在横滨，但老在嫌弃生活“无聊死了”。

五千元的玩具的确有点贵，但一年只有一次，好像也不是不能通融的事。山太很乖，比我聪明，不至于因为这样就变成一个贪图奢侈、不成材的儿子，但清一哥似乎希望山太学会忍耐和割舍，毕竟山太以后可能要背负神去所有山林的责任。这应该就是所谓的“帝王学”（也就是与喜说的“山大王学”）。

“那可不可以用不花钱的方式过圣诞节呢？”我诚惶诚恐地提议，“山太不只是想要礼物而已，似乎对圣诞树和圣诞大餐也很感兴趣。圣诞大餐只要炸鸡就好，圣诞树我们就在山里砍一棵。大家聚在一起开圣诞派对，感受一下欢乐气氛。”

“好主意。”与喜拍着手，“清一，别把问题想得那么严肃呢哪，礼物也不一定要超合金的啊！”

“嗯，也对。”清一哥露出微笑，似乎又有点伤脑筋的样子，“不过，勇气，你没关系吗？”

“当然没关系啊，怎么了？”

“如果要举行圣诞派对，那个……”

“对了！你不是要找直纪约会吗？”

啊啊啊，我差点忘了！我光想着“取悦山太作战”，却忘记“直纪爱的约会作战”了，我真是大笨蛋。

不对，等一下。直纪一个人住，又是佑子姐的妹妹，只要告诉她“要在清一哥家举行圣诞派对”，她一定会来。这么一来我更好开口，顺理成章和直纪一起过圣诞节，达到我原本的目的。

啊啊啊，但是直纪喜欢清一哥，而清一哥很爱佑子姐和山太，直纪看到清一哥一家恩爱，一定很难过。我不忍心看到直纪这样，我的心情也会很复杂。

该怎么办……

话说回来，与其让直纪自己一人过圣诞夜，或被奥田抢下约会门票，当然还是大家一起欢度派对比较好。

“完全无所谓，”我勉强挤出笑容，“我原本就没打算找直纪约会。”

“哎哟，哎哟，是这样啊！”

与喜发出好像猫头鹰般的声音贼笑起来，吵死啦！

于是，在我暗中努力下，大家决定圣诞节在清一哥家举办派对，三郎老爹、岩叔夫妇、与喜一家、我，还有直纪一起参加。

我打电话到直纪家。原以为她还没回家，但直纪很快就接了电话，可能因为是星期天晚上的关系。即使我有邀请她参加圣诞派对的正当理由，但和她说话还是会紧张。

“虽然目前还瞒着山太，但我们已经决定二十四日晚上，在清一哥家举办圣诞派对，你要不要一起来？”

我提出邀请，直纪沉默片刻后回答：“我会去。需要准备什么吗？像交换礼物之类的。”

“不，没有特别的计划，我们会去山上砍圣诞树。当天的大餐由美树姐、佑子姐和岩嫂负责。”

“那怎么好意思呢！”

“你学校很忙，不必放在心上，下班后人来就好了。就这样吧！”

“谢谢，但你帮我转告，说我会带色拉去。”

“好，我会转告。”

“哎……”

“怎么了？”

“……不，没事。”

“……晚安。”

“晚安。”

直纪到底想说什么？这让我有点在意，但隔天是星期一，又要上山工作，我洗好澡后就钻进了被窝。

和直纪共度圣诞节（虽然还有与喜他们）！我的期待丝毫不输给山太，嘴角忍不住上扬。真想送礼物给直纪，不知道她收到什么礼物会开心。

阿锯难得在庭院里吠叫，可能有月亮。入夜后，气温更低了。

中村清一组在山上找圣诞树。

“圣诞树应该是冷杉吧？”

三郎老爹问我，我也不知道答案。

“是，但是……”

神去的山上几乎都植林了，有些山还有自然生长的柜树和樟树。这一带的气候还算温暖，找不到冷杉。

“明明有那么多树，却找不到一棵冷杉。”与喜嘟囔着。

我们站在东山的山脚，抬头看着山坡。整齐的树木都是杉树和桧树。

“这棵应该可以吧？”

清一哥用拳头捶着旁边一棵赤松的树干。那似乎是一棵自然生长的赤松，抵抗着杉树和桧树的夹击，独自屹立在面向林道的位置。直径约十五厘米，树高约两米，还是一棵年轻的树。

“你有时候还真随便啊！”与喜很受不了地说，“松树和冷杉外形完全不同，桧树还比较像。”

“但你不觉得这棵松树的树枝长得很好吗？”

岩叔说着，开始打量着赤松。反正又不是要种在庭院。

“红色的树干和绿色的树叶刚好是圣诞节的色彩。”

三郎老爹表示同意。他们凡事都看正面，有点乐观过头了吧！

“而且刚好在路旁，搬运方便，就这棵了。”

东家的话是绝对命令，与喜无可奈何地举起斧头，用斧柄对着赤松的树干敲了三次，才开始砍，响亮的声音在山中回荡。阿锯摇着尾巴，好像在打拍子。

不一会儿，赤松就砍倒了，阿锯跑过来，抬起一条腿撒尿。

原来它知道那不是要出售的商品。

“阿锯，不可以！这是圣诞节要用的。”

我抱起阿锯，阿锯露出纳闷的表情，好像在问：“圣诞节？那是什么？”

砍下的赤松放在清一哥的小货车上，他打算回去后先藏在庭院中不明显的地方。

我们从林道徒步走上斜坡，开始工作。这天要在东山山顶附近疏伐桧树，大家在斜坡上散开，分头作业，链锯的声音和与喜挥斧头的声音不断回响。

午间休息后，下午继续工作。两点左右，我发现有灰尘落在鼻头上，便抬头看向天空。

“下雪了……”

今年冬天的第一场雪轻轻飘落，雪花穿过桧树枝叶，转眼间，在斜坡上积了薄薄一层。

“勇气，今天就先下山吧！”

清一哥来叫我。我急忙收拾，背起链锯，跟在清一哥身后。同组的其他人也都过来集合，排成一列，沿着斜坡走向林道。阿锯可能因为看到雪很兴奋，一路上又蹦又跳。

“没想到这么快就下了第一场雪。”

“今年会很冷吗？”

“感觉好像根本没有地球暖化这回事哪！”

与喜、三郎老爹和岩叔像往常一样聊天，但我无法像他们那么悠闲。因为斜坡开始积雪后就变得很滑，我根本无暇加入他们的谈话，只能盯着地面，小心翼翼地走下山。

清一哥也没有说话，似乎在想事情。

“我打算今年不再起雪了。”清一哥说。

起雪就是用绳子拉直被雪压弯的杉树和桧树。如果不及时拉直，树干就会弯掉，甚至因为无法承受重量而折断。

“不起雪？”与喜惊讶地问，“不起雪没关系吗？”

“现在到处都人手不足，很多地方都不起雪了。有人认为被雪压弯的树木，即使拉直了，也无法长成好树木。”

“果真这样的话，我们之前辛苦起雪都白费了……”

与喜似乎很受打击，三郎老爹安慰与喜说：

“林业也在不断进步，如果是好方法，就多吸收运用。”

“话是这么说，但一下子完全放弃，总觉得有点不安哪！”岩叔说，“清一，你还是决定哪个斜坡起雪，哪个斜坡不起雪，然后记录下来，观察个几年，如果对生长没有影响，再全面放弃起雪。”

“也对，那就这么办。”清一哥点头说。

虽然东家的决定不容置疑，但清一哥不是独裁的暴君，在做决定之前，会尊重自古以来的习俗及工作者的心情，重要的事都会讨论后决定，正因如此，我们才放心地追随清一哥。

“看这天气，明天恐怕无法上山了。”与喜用手掌接住轻飘飘的雪，生气地说。

“如果明天休息，我打算去儿子家走一走。”三郎老爹说。

“三郎老爹，你有儿子？”

我第一次听说。

“有啊，住在名古屋。”三郎老爹的太太过世了，独自住在神去村，“我每年会去看孩子们一次，如果是新年去，大家都无法放松。即使他们来村里看我，我一个人也没办法招待他们哪。”

三郎老爹说，他弟弟这阵子不幸住院，所以也会顺便去探视。

“那我要和你一起去名古屋。”

“为什么？”与喜插嘴问，“你该不会打算去买‘派脆’的衣服，当天盛装出席吧？”

“怎么可能？虽然是派对，但都是熟人，我是想去买礼物。”

“送给直纪吗？”

“送给山太！”

我的确要同时买给直纪的礼物，但何必在大家面前说出来嘛！与喜这个人的神经也太大条了。

“好，好。”清一哥说，“如果明天积雪就休息一天。”

因为下雪，我们提早收工回家。我和与喜轮流泡澡，身体暖和舒缓后，我们在饭厅休息等待晚餐。繁奶奶坐在暖炉桌旁，一下子用剪刀剪着厚纸板，一下子摊开放在饼干盒里的七彩千代纸。

“繁奶奶，你在干什么？”

“我在做树上的挂饰。”

“啊，是圣诞树的吗？”

“嗯。”

“我也来帮忙。”

我向繁奶奶借了剪刀和胶水，把厚纸板剪成星形，再贴上千代纸。形状有点歪，但加上千代纸的纹路，结果变得很有日本味。算了，没关系。繁奶奶还折了纸鹤和纸偶，粘上可以吊在树上的绳子。嗯，越来越有日本味了……

“我也要做。”

连与喜也加入美劳的行列，他把千代纸折起来后剪了几刀，打开一看，成了竹帘的样子。这根本是七夕的装饰啊！

久违的美劳太开心了，吃完晚餐后，美树姐也加入了。美树姐说：

“我记得圣诞树的装饰要有娃娃之类的。”

说完，她开始揉面纸。完成后一看，竟然是祈晴娃娃……我真的无话可说了。

我们把完成的装饰放进纸箱里，摆在神桌下方的榻榻米上，打算在二十三日晚上装饰圣诞树。山太第二天早上看到庭院内的圣诞树，一定会乐不可支；虽然这棵圣诞树不是冷杉，而是赤松。

第二天，下起了冰冷的细雪，雪虽然积了五厘米，但很快就会融化吧！山路恐怕会更不好走，所以决定休息一天。

三郎老爹上午九点开着小货车来接我，他穿了一件厚重夹克，我也穿上从横滨带来的衣服。因为我们都没看过彼此不穿工作服的样子，所以两人都有点不好意思。

“有积雪，山路没问题吗？”

“没问题，这一带的人一到十二月，就会换上无钉防滑轮胎。”

我完全没有注意到。听三郎老爹这么说，这才想起之前与喜开着小货车出门时说“我去一下松山车厂”。

我坐在副驾驶座上，三郎老爹发动车子。积在路上的雪变成了细碎冰状，三郎老爹小心翼翼地在险峻的山路上开着小货车，辗过雪的时候，发出嘎吱嘎吱、沙啪沙啪的声音。

“赶得上电车吗？”

目前神去村只有一小时一班的地方线，原本这条线应该连接名张与松阪，但轨道只从松阪开通到中途的山里面，并没有通到名张。离神去村最近的车站是这条线的终点站，虽然是距离最近的车站，但从村子中心开车过去也要一个小时。

“很危险，而且，如果傍晚又下雪，搞不好会停驶。”

“也对，那我们把车开到津好了。”

三郎老爹利落地转动方向盘，驶上通往津的路。下山之后，就来到了平坦的路上，路上几乎见不到雪。三郎老爹一路顺畅地开着车。

我隔着车窗，看着被染成白色的山峦。

“三郎老爹，你弟弟为什么没有留在村里？”

“我弟弟和我相差很多岁。”三郎老爹说话时的视线没有离开挡风玻璃，“他成人的时候，林业已经开始走下坡，他认为在都市里上班比较有未来，还说：‘我不想卖体力。’”

从事林业的确很辛苦，但也有很多乐趣……虽然我这么想，但没有吭声，三郎老爹安慰我说：

“现在和以前不一样了，像你这样的年轻人愿意来山里，真是美好的时代。回想起来，不只我弟弟年轻时崇尚拼命工作赚大钱，我也是，身边的人也是。”

“如果现在还流行这样的风潮，我绝对会被淘汰。”

“嗯，虽然当时没有察觉，但太没有远见了。”三郎老爹摇着头，“多亏了你们这些充满干劲的年轻人，林业改变了。我看过林业的盛世和没落，最喜欢目前的气氛。我对未来充满希望，只要按照这个方式继续下去，林业也能够适应当今的时代，长久生存下去。”

我也希望如此，希望即使再过一百年，神去的山也不会改变，继续陪伴神去村的人；希望村民在奇妙的祭典、大山祇神、稻荷神、长彦传说的陪伴下，继续养护山林，继续种树、伐树，谈恋爱、吵架、生活。

一百年后……太遥远了，感觉就像醒来之后立刻忘记的梦。搞不好山太的儿子会砍伐我种植的树木，这么一想，又觉得一百年距自己并不遥远，还很有亲切感，太奇妙了。

我要好好努力——我暗自下定决心。虽然出于奇妙的因缘来到神去村，但既然在这里生活，就要尽一己之力投入林务工作，否则在直纪面前抬不起头。

小货车在津车站前的停车场停下，我和三郎老爹搭上近铁线的电车。搭特急电车只要一个小时就可以抵达名古屋。

“三郎老爹，你之前有没有过过圣诞节？”

“当然有啊，我年纪还没那么大呢哪！”

噢，原来在深山里的神去村，很久以前就知道有圣诞节这个节日。我不禁有点意外，问三郎老爹：

“是怎么庆祝的？”

“我除了目前住在名古屋的儿子，还有一个嫁去东京的女儿，他们两个人都和山太一样想过圣诞节，我老婆就煮了咖喱。”

“……不太像是圣诞节。”

“因为小朋友喜欢吃咖喱，还有，我也送了礼物。”

“你该不会扮成圣诞老人吧？”

“不，我舞狮。”

“为什么？”

“现在人口稀少，村里不再舞狮了，当时很流行。我刚好负责舞狮头。”

这根本不是理由。

三郎老爹说，平时为了练习，就把狮头放在家里。圣诞夜时，他戴上狮头偷偷走进小孩睡觉的房间。

“我把礼物放在他们枕边。没想到我女儿醒来，惨叫一声大哭起来，儿子也被吵醒，吓得尿床后也跟着大哭。我老婆骂我：‘你是蠢蛋吗？’真的被我搞砸了。”

这会不会造成小孩子的心灵创伤啊……由此可见，神去村自古以来，就不过传统的圣诞节。

我和三郎老爹在名古屋车站的检票口道别，各自行动，四点在原地会合。

不知道是不是因为圣诞节快到了，明明是平常日，名古屋车站周围人满为患。我好久没有来大城市了，有一种眼花缭乱的感觉。

原来世上有这么多闪闪发亮的商品，有那么多亮丽的女生。我简直就像刚在山上完成修行的和尚，不由得产生了这样的感想。

我对名古屋不熟，走进检票口前方一家大型百货公司。楼上似乎是饭店，反正里里外外都很豪华。

百货公司内人潮拥挤，我脑袋一片空白地在卖场内逛来逛去。我没有太多预算，到底买什么好呢？

一条红色围巾映入我的眼帘。深红色的围巾不会太花哨，我摸了一下，质地柔软，很温暖。

骑摩托当然要配红围巾，而且也很适合直纪那辆绿色川崎摩托。

一看价格，超过我原本的预料，不禁吓了一跳，但我并不是买不起。我在卖场逛了一圈，确认没有更吸引我的礼物后，就买了那条围巾，请店员包装成礼物。店员用印有圣诞老人和圣诞树的绿色包装纸包好后，绑上红色缎带。

买完围巾，我又立刻发现了蓝色儿童手套。啊，实在很适合山太。儿童款的旁边还陈列了一副大人用的粉红色手套，两副手套款式相同，指甲的部分分别有黄色和咖啡色的星星图案。我想起繁奶奶都戴棉纱手套防寒，要是她戴粉红色的可真是太过于可爱了，但我还是决定送她当礼物。

我买下两副手套，也请店员包成礼物。接下来，要买什么礼物给与喜和美树姐呢？

体会到选礼物可以如此兴奋，在我来说还是第一次。高中时，当然曾和当时的女朋友一起逛街买东西，也在圣诞节买礼物送她，但只觉得是一种义务。因为她一定会准备礼物，所以，麻烦归麻烦，总得找一件礼物回赠。我以前真不懂事，搞不好当年的女朋友花了很多心思挑选我喜欢的礼物。

我搭乘扶梯，依次逛遍了各卖场，看到一对漂亮的蓝色夫妻碗，决定买给与喜和美树姐。既然碗是我送他们的礼物，以后他们夫妻吵架时，搞不好会手下留情，不再摔碗了。

一看手表，已经下午一点多。原来我花了两个小时选礼物，难怪肚子饿死了。我走出百货公司，来到地下街，找了一家餐厅，点了来名古屋必吃的味噌猪排定食。这是我第一次吃味噌猪排，太好吃了，这种又甜又辣的味道会让人上瘾。

吃完午餐，离四点还有一段时间。我拎着装了礼物的纸袋，来到大马路上。天空中布满了厚实的云，但已经不下雨了。

我漫无目的地走在宽敞得令我有点无措的大马路上，看到一家咖啡店就走了进去，一边看漫画杂志，一边喝橙子汁。（不知道为什么，我点了橙子汁的同时送来一杯酸梅昆布茶，是这家店特有的招待吗？）

在神去村，只要走在路上就会有人打招呼，想到“在名古屋，没有人会注意我”，就觉得格外轻松，但也隐约感到不安。真奇怪！无论在哪里，都会有过犹不及的问题。

不知道别人是不是也一样。

打发完时间后，我顺利地于约定时间与三郎老爹会合，一起回神去村。三郎老爹和儿子、儿媳一起吃了午餐，又抓紧时间去探望了弟弟。他弟弟两天后会出院，三郎老爹也总算可以放心了。

“他还说什么‘老哥，你也要注意自己的腰’，我还可以扛两根杉木的圆木下山呢！”

三郎老爹，你已经七十多岁了，不必那么拼吧！

十二月二十三日晚上，我和与喜一起来到清一哥家的庭院。与喜抱着满是装饰品的纸箱，把手电筒像粗卷寿司般咬在嘴里，照亮前方的路。他的嘴巴真大……我对他说，手电筒我来拿，不必这么辛苦，但他坚持要这么做，还坚称：

“嗯按嗯恶噢盎恶恩嗯饿嗯（我要亲自照亮自己走的路）。”

他脑筋有问题吗？

清一哥家的庭院内挖了一个准备放赤松的洞，听说是清一哥、岩叔和三郎老爹一起挖的。

“山太已经在里面的房间睡着了，但还是小声一点。”

清一哥叮咛道，我们默默点头。所有人把赤松一起从庭院角落搬了过来，插进事先挖好的洞。要让赤松保持直立很不容易，与喜吆喝一声“嘿哟！”后用背把树顶直了。

“好，你们撑好。”

岩叔小声说，拿起铲子，把泥土回填到洞里。我也在一旁帮忙。三更半夜的，我们到底在干什么？简直就像小偷把偷来的金条埋进土里。

清一哥和三郎老爹把赤松下的泥土踩紧了，赤松直立在庭院内，树比大人稍微高一点。

“好，来装饰吧！”

与喜搬来了梯子和啤酒箱，我们站在上面，把装饰品随意地挂在树上。

“好像太朴素了。”

三郎老爹一脸担心地看着千代纸星星。

“我在家里仓库找到了这个。”

岩叔拿出圣诞节用的灯饰，上面有五彩缤纷的小灯泡。

“不错嘛！清一，你去拿延长线。”

与喜立刻把灯饰挂在松叶上，清一哥把延长线的插头插在仓库里的插座上，打开了开关。

“嗬……”

赤松看起来像头部特大号的花哨外星人。

“不是冷杉的确看起来不太对劲。”

“但可以感受到庆祝圣诞节的气氛。”

“是啊，是啊！”

隔天早晨，同组所有人一如往常聚集在清一哥家的庭院。汽油桶内用树枝烧着火，大家围在旁边取暖，确认当天工作的内容，但仍不时看向庭院正中央那棵挂满各种装饰的赤松，很想知道山太看到后会有怎样的反应。

不一会儿，玄关的拉门打开了。

“我去上学了。”

背着书包的山太冲了出来，下一刻，他发现了庭院内的赤松。

“是圣诞树！”他大叫起来，“爸爸，这是你做的吗？”

“是大家一起做的。”清一哥语气平静地说。

“谢谢，谢谢！”山太露出笑容，向我们鞠了一躬说，“哇噢，太赞了，真的是圣诞树。”

山太围着赤松打转，抬头看着树枝，似乎要确认自己不是在做梦。阿锯也跟在他身后奔跑，又在赤松上做了标记。

“喂，阿锯，不可以呢哪！”

山太轻轻把阿锯推开，笑得很开心。因为他实在太高兴了，反而觉得有点对不起他，早知道应该找一棵冷杉做真正的圣诞树。

“你再不出门，就赶不上交通车了。”佑子姐对山太说，“今天放学不要去别的地方玩，马上回家呢哪。”

山太当然不知道晚上还有重头戏的圣诞派对。

“好！我走了！”

山太终于不再绕着赤松奔跑，冲出了中村家。

“晚上开圣诞‘派脆’，还有圣诞老头上门，山太可能会漏开心尿吧（因为太高兴而不小心尿出来）！”与喜说。

“我记得狮头还保存在集会所，你觉得要不要借来用一下？”三郎老爹对我开玩笑。

“不行，不然他真的会不小心尿出来。”

为了山太着想，我否决了三郎老爹的提议。

呼……虽然敲着键盘，但手和脑袋都累了，就暂时写到这里吧！至于圣诞派对的情况，下次再告诉各位。我猜应该有人在意直纪和我在圣诞派对上的相处吧？呵呵呵……好吧，先透露一点，圣诞派对其实和平时的宴会差不多。

各位读者，你们有没有穿上厚衣御寒？还是正准备迎接夏天？总而言之，小心别感冒了。

我也渐渐适应有（假想）读者的情况了。对了，为了以防被繁奶奶看到，我要把这篇文章藏在电脑深处。

就这样，下次见喽！

最终夜　永远都哪啊哪啊

圣诞夜，我吃完炸鸡，对直纪说：

“直纪，可不可以去仓库一下？”

“好啊，但为什么要去仓库？”

“那还用问吗？当然是我们两人独处一下。”

“勇气，讨厌啦！你这个不速鬼。”

虽然直纪红着脸这么说，但还是和我一起偷偷离开了清一哥家的饭厅。

傍晚才下的雪在庭院内积了不少，夜色中，可以看到染成白色的山。大家走到清一哥家时的脚印已经快被持续下着的雪盖住了。我和直纪走向脚印相反的方向，那是仓库。

打开仓库的门，一闻到带着霉味的空气，我立刻说：

“直纪，我忍不住了。”

“勇气，不行呢哪，你太性急了。”

“怎么会不行？”

“你这个傻瓜，真受不了你这个不速鬼。”

虽然直纪骂我傻瓜，但她被我紧紧抱着，笑得很开心。我下定决心，把直纪推倒在仓库的地上！

喂，喂，繁奶奶！你在写什么啊！我明明用密码锁住了电脑，你到底是怎么打开我的神秘文章的？

各位读者，千万不要误会。我才没有在圣诞夜把直纪扑倒在仓库地上，一开始的那段内容真的是繁奶奶乱写的。

……因为实在太有趣，我就留着。话说回来，一下子“两人独处一下”，一下子“我忍不住了”，我平日的为人在繁奶奶眼中到底是什么样子啊？这感觉好像是晨间剧剧情。（**话说繁奶奶根本不看晨间剧啊，难道她只是胡乱发挥想象力？**）

看到繁奶奶独自坐在电脑前时，我惊讶极了。电脑屏幕让繁奶奶的脸闪着青光。“啊，有妖怪！”下一刻，我大叫，“繁奶奶，原来你会用电脑！”我慌忙冲进房间。

被我当场活逮的繁奶奶露出“惨了”的表情。

“勇气，你回来了？”

“对啊，我不能回来吗？你趁我不在的时候做了什么？”

“你的小说好像没写完，俺打算帮你继续写下去。”

“你……你怎么可以自作主张……（**而且，那才不是小说，是记录**）但是，要输入密码才能打开电脑啊！”

“别以为俺不懂英文字母。”繁奶奶挺起胸膛说，“密码也大致可以猜到呢哪，俺知道只要输入字母就好，所以就想了你可能会设定的密码。一点也不难猜，我一输入直纪的罗马拼音‘naoki’，就能进到电脑看文章了。”

我的妈呀！我全身无力，拳头捶在榻榻米上。

“你居然会打字。”

“俺之前看你打字，也在日间照护中心参加了电脑课程。”繁奶奶笑眯眯地说，“但是为什么打不出促音的‘tsu’和小字的‘ya’呢？”

“我才不教你呢，你以后不准再碰我的电脑了！”

“为什么呢哪？勇气，你真是抠芭乐！”

“抠芭乐”是神去话中“小气”的意思。繁奶奶在“作品”中提到直纪说我“不速鬼”，那是“色胚”“好色”的意思。

繁奶奶气鼓鼓地、非常缓慢地站了起来，嘴里念着“那我去喂金鱼！”，比犰狳还慢地走出房间。

呼，真是不能大意。我已经把这些文档藏在电脑深处了，没想到繁奶奶平时那么仔细观察我。虽然上了年纪，但她还偷偷去学电脑。确认繁奶奶关好纸拉门后，我立刻将密码改成“繁”奶奶的“shige”。我真没料到她一下就猜到我之前设的密码，真丢脸！

我能理解繁奶奶在一旁着急的心情，我的确因为新年期间回横滨过年的关系，有一段时间没记录了。新年假期结束，我一回到神去村就目击了妖怪，不对，是繁奶奶坐在电脑前那一幕。哎哟喂，我的妈呀。这个村庄太危险了，比在横滨更大意不得。

各位读者，你们也很在意圣诞派对的情况，以及直纪和我的进展吧？是不是很在意？快说很在意嘛！好了，我知道根本不存在“各位读者”，但还是希望有“应读者要求而写”的感觉，否则太害羞了，害羞得脸上都快喷火了。

虽然“繁奶奶偷看我的文章（**还顺便加油添醋一番！**）”的冲击还没平复，但我这就努力调整心情，向各位报告圣诞夜发生的事。各位，赶快跟上进度吧！

十二月二十四日傍晚（**写这些内容时，已经过完新年了，所以是去年的事**），我和与喜、繁奶奶一起前往清一家。与喜背着繁奶奶；我拎着纸袋，里面装着在名古屋买的礼物。阿锯似乎也想参加圣诞派对，走出它的狗屋，跟在后头。

中村清一组白天在山上工作，美树姐带领几个女人在厨房里忙着做菜。中午过后，清一哥也加入帮忙的行列。

太阳已经下山，走出家门时耳朵都快冻僵了。从山上吹下来的风冰冷刺骨，天空又开始飘雪，地上已经积了薄薄一层。与喜背着身穿棉背心的繁奶奶，我为他们打起一把黑伞。雪花打在伞上，发出咔嚓咔嚓的干涩声音（我不是在说冷笑话哟）。

路上有刚走过的脚印。共有两种不同的脚印，笔直的长雨靴脚印是岩叔的，走得歪歪扭扭的忍者胶底鞋脚印八成是三郎老爹的。两种脚印都通往清一家的庭院，在门口消失了。没看到摩托的轮胎痕迹，直纪应该还没到。是不是做色拉花了点时间呢？我暗自想着。老实说，我无法把直纪和下厨做菜（虽然只是色拉，但也算一道菜吧）联想在一起。

赤松的圣诞树上亮着灯饰，宛如一个花哨的外星人站在雪中。虽然很漂亮，但也有点孤单，看起来呆呆的，又有点奇妙……我在无法清楚判断自己的感受中走过圣诞树，来到清一家的门口。

背着繁奶奶的与喜用脚灵巧地拨开了玄关拉门。

"晚上好。"

屋内温暖的空气中，混合着各种佳肴的美味香气。山太一路蹦跳着，从里面的房间跑出来。

"勇哥！"山太满脸笑容地站在地上，抬头看着我们，"谢谢你们为我举办圣诞派对。"

"山太，太好了。"我胡乱地摸着山太的头，"今晚要吃得饱饱的哟！"

佑子姐、美树姐和岩嫂正把料理装在好几个大盘子里。散寿司、豆皮寿司、红烧肉、盐烤鲷鱼，还有芝麻拌菠菜和包了萝卜干丝、羊栖菜的飞龙头[1]，当然也少不了炸鸡，真的是超豪华的大餐。

与喜征求佑子姐的同意后，让阿锯进到屋内待在玄关。阿锯似乎也被"佳肴香气攻势"吓到了，拼命吸着鼻子。

清一哥、三郎老爹和岩叔一起坐在饭厅喝起啤酒来。三个人比手画脚，似乎聊得很开心。"他们讨论得真热烈啊！"我心里想着，伸长耳朵听他们在聊什么。

"上一次木材上市，出现了超级大树。"

---

1 豆腐、红萝卜、牛蒡等食材制成的炸豆腐丸子，在日本关西地区称作"飞龙头"，关东地区则叫"雁拟"。

“对啊，是一百二十年生的桧树，而且几乎没有空洞。”

“太了不起了，是哪座山上的？”

“东山的深山，好像是下地区的川田先生名下的山坡。”

“卖了多少钱。”

“大概有这个数字。”

“哇噢，价钱很不错哪！”

“川田先生笑得合不拢嘴。我们不能输给他们，清一，神去山的西侧再过去一点也有你家的山头，那里的杉树差不多都超过一百年了。”

“现在砍伐太不划算了，再等二十年……”

“那就有一百五十年的树龄了。”

“那就干脆多等几年，等长得更粗一点再卖。”

“嘻嘻。”

“嘻嘻。”

他们竟然在聊这些。即使是派对，他们仍然只关心山林的事！到底有多爱林业啊！而且，一涉及赚钱的事就露出奸笑。老实说，再等二十年……三郎老爹到底打算活到几百岁啊！他们在谈赚钱的事时，也不忘哪啊哪啊精神，太了不起了，但也太悠哉了吧！

“哪啊哪啊。”

与喜向他们三人打招呼（与喜说的“哪啊哪啊”并不是“慢慢来”，而是“今晚真不错啊”的意思），走进饭厅说：“我来晚了哪。”

“噢，与喜，我们正在等你呢！”

三郎老爹说，但其实他们根本没等与喜，就已经开始喝了。岩叔递上杯子，与喜把繁奶奶放在榻榻米上，立刻加入酒席。繁奶奶对东家清一哥说：

“谢谢你邀我们来参加圣诞‘派脆’。”

我和山太在饭厅和厨房之间来回好几趟，帮忙端菜。大矮桌上摆满大盘子，派对准备就绪，女眷们也都拿解开围裙，一起坐在矮桌旁。

“直纪打电话来，说还在学校加班。”

听到佑子姐的转告，大家不由得佩服。

“学校的老师真辛苦哪。”

“直纪工作特别认真。”

“那我们就先开动吧！”清一哥一声令下，微微举起装了啤酒的杯子，“真不好意思，今天劳烦大家一起来陪山太。我们欢度圣诞节吧，干杯！”

“干杯！”

我和山太也举起杯子干杯。只有山太喝橙子汁，包括繁奶奶在内的其他所有人都喝啤酒。神去村的女人个个都是海量，虽然平时很少喝，但在祭典或宴会时可以“喝到酒桶见底”。坐在矮桌角落的佑子姐说：“我冻了很多冰块。”美树姐挽起袖子说：“那就来喝烧酒吧！”她们似乎准备大喝一场。

每道菜都美味可口，但是因为负责色拉的直纪还没有来，感觉蔬菜不太够。山太开心地吃着炸鸡块。

“山太，你向圣诞老人许了什么愿？”

“蔬菜战队的奇迹太空堡垒蔬菜机器人！”

“那是什么？”

“蔬菜战队的五个人坐的神奇蔬菜机变成的巨大机器人，那是机器人最厉害的变身。”

蔬菜的战队怎么可能厉害？我完全搞不懂，但还是搭腔：“是嘛，真厉害啊！”

山太用兴奋的口吻继续说：“所以啊，我就写信给圣诞老人，‘请你送我奇迹太空堡垒蔬菜机器人’，结果圣诞老人回了信给我。”

“啥？真的假的？”

“我去拿给你看，你等我一下。”

山太冲出饭厅，我听到他在走廊上奔跑的脚步声渐渐远去，然后又响起来，他再度坐在我旁边。

“这个。”

山太递给我一个鲜艳的绿色信封，信封上大大地写着“山太弟弟收”几个字。我觉得很像清一哥的字，但信封背面的寄件人写着“圣诞老人”。

“你可以打开来看。”

既然山太这么说，我就拿出信纸读了起来。和信封同色的信纸上写着：

山太弟弟：

谢谢你写信给我，很高兴知道你过得很好。山太弟弟，你的名字读音和我名字一样呢！

我知道你很想要奇迹太空堡垒蔬菜机器人，但是很抱歉，我无法把礼物送到你那里。

你住在神去村的深山里，麋鹿的雪橇要花很长时间才能到那里。二十四日那一天，我必须送礼物给世界各地的小朋友，有些小朋友没饭可吃，也没有房子可住，我必须优先（优先就是“首先”的意思）送礼物给他们。

所以，山太弟弟，你可以请爸爸送礼物给你。我衷心祝你幸福。

圣诞老人

“对吧？对吧？很厉害吧？”

山太得意地探头看着我的脸。

“嗯，嗯。”

被他这么一问，我只好点着头，把信还给他。“所以，清一哥送你那个什么什么机器人了吗？”

“没有。”山太摇了摇头，“爸爸送了这个。”

锵锵锵！山太还特地配了音效，从身后拿出来的是……大约三十厘米高的（疑似）木制机器人。

“这是爸爸给我做的奇迹太空堡垒蔬菜机器人。”

“是吗？真有创意。”

山太，你这个孩子真是乖巧到不行啊！看着山太兴奋的脸，我忍不住按着眼角。受骗了……山太，你被清一哥骗了。

因为清一哥做的机器人和五千多元的机器人相比，实在太寒酸了。况且，这根本不是超合金，而是木头做的。在神去村，闭着眼睛都可以找到木头。

不，这不是钱的问题。我当然知道这一点。清一哥做的机器人头部是红色，身体是绿色，右手是橘色，左手是灰棕色，双脚是咖啡色……每个部位都分别涂了不同颜色（**听山太说，这完全是蔬菜战队的颜色**）的油漆，所有棱角都用锉刀磨过，摸起来很光滑，而且关节用螺丝固定，成为可动的机器人。以木工做的玩具来说，是一件很出色的作品。清一哥一定花了不少时间，精心为山太做了这个机器人。

只不过……用一句话来说，就是假假的。如果我想要超合金机器人，却收到这个木头机器人，一定很失望，搞不好会大吵大闹。

山太小心翼翼地把机器人放在腿上，开始吃散寿司。嗯，他太单纯了，八成是在神去村长大的关系吧！除了他天生的乖巧性格，还要归功于清一哥和佑子姐教育有方。

把日本酒当水喝的与喜看到了山太的机器人。

“那是什么？山太，你有这么棒的东西。”

“爸爸帮我做的。”

“噢，清一的手真巧啊！手和脚都可以动。你看，挥拳。”

“不要呢哪，与喜，还给我。”

山太和与喜玩了起来。与喜丝毫不在意机器人假假的感觉，露出真心羡慕的表情。阿锯也把前腿放在饭厅的角落，伸长脖子，看着他们手上的机器人。我走去玄关，喂它吃从与喜家带来的狗食。阿锯看到我们大快朵颐，一定觉得很无聊吧！

清一哥为繁奶奶夹了一块红烧肉，放在她盘子里，用筷子帮她夹碎。美树姐和佑子姐像初中生一样笑弯了腰，只是手上拿的是装了烧酒的酒杯。三郎老爹和岩叔正在聊听说西红柿可以降血压。岩嫂听到后，立刻扯着后腿说："你根本从来不吃西红柿。"

虽然完全没有圣诞节的气氛，和平时的宴会差不多，但每个人都乐开了怀。

我看着老旧的挂钟，七点半刚过。

"直纪怎么还没来？"

我以为是自己不小心说出了心里的想法，但说话的是岩叔。显然是西红柿的话题对他越来越不利，他改拿直纪当挡箭牌。

"可能因为积雪的关系，摩托车过不来吧！"

三郎老爹说。

"我把小货车借你，你去接直纪吧！"

被与喜这么一怂恿，我立刻就要去开车，但清一哥制止了我。

“勇气已经喝了酒。”

那倒是。佑子姐也面带微笑地说：

“再等一下吧！我烤了蛋糕，如果各位不嫌弃，就来吃蛋糕吧！”

佑子姐从厨房端来一个涂满鲜奶油的草莓蛋糕。如果要送礼物，时机应该就是现在了。至于直纪的礼物，我希望等只有我们两个人的时候再给她。

“呃，”我站了起来，“我有礼物要送给山太、繁奶奶、与喜和美树姐，对不起，我没有买所有人的礼物。”

“没关系，没关系！”三郎老爹拍了拍手，“勇气在名古屋费尽心思地挑选礼物。”

“真想看看是什么。”岩叔也这么说。

我决定发礼物。山太小心翼翼地打开包装，看到手套，立刻欢呼起来。

“哇噢，好帅！上面有星星，和繁奶奶的一样。”

“真的欸，戴起来应该很温暖。”

繁奶奶立刻戴上手套，把双手举到面前欣赏。

“哎哟，这个碗的颜色真漂亮。”美树姐也露出兴奋的表情，

“与喜的碗缺了一个角，明天就开始用新碗。”

“噢，感觉可以装很多饭，好碗，好碗。”

与喜点着头，瞥了一眼我带来的纸袋，“好像还剩一个，是谁的？”

这家伙根本是明知故问，真讨厌。三郎老爹数落他说：“别说了，别说了。”与喜笑得很开心。

收到礼物的人纷纷向我道谢，我深深鞠了一躬。每个人都很满意自己的礼物，太好了。

大家一起吃着切好的蛋糕。太厉害了，简直和蛋糕店卖的一模一样。海绵蛋糕很松软，除了表面，中间一层也抹了鲜奶油，放满草莓。山太嘴边沾到鲜奶油，好像长了白胡子。

“山太真的变‘圣诞老人’了。”与喜笑着。

其他人也都称赞说：

“真好吃啊！”

“神去村很难吃到这种蛋糕。”

“是用微波炉的烤箱功能做的吗？”美树姐问佑子姐。

“不是，我家的微波炉旧了，烤箱功能的温度调节有问题，所以，我是在厨房用燃木暖炉烤的。”

“噢，原来还可以用来烤蛋糕。”

“因为不知道怎么控制火候，还失败了一次。”佑子姐有点害羞地笑了笑，“后来是清一帮我调火，才终于成功的。”

好恩爱，好恩爱！幸亏直纪还没来。

吃完蛋糕后，山太可能吃太饱，开始摇头晃脑地想睡觉了。

“我就知道会这样，所以晚餐前先要他洗了澡。”佑子姐叹着气说，“山太，起来了，快去刷牙，上床睡觉吧！”

“不要，我还不想睡呢哪。”

山太虽然嘴上这么说，但他的眼睛几乎快闭上了。一看挂钟，八点多，山太不愧是睡眠模范生，即使上了小学，仍然维持超级早睡早起的生活。

“山太，我陪你去房间。”

听到我这么说，山太才终于点头，向其他人说“大家晚安”后，戴上手套，拿起清一哥做的机器人和圣诞老人的信走出饭厅。我也跟在山太身后走了出去。

清一哥家的房子很大、很老旧，走廊上既昏暗又冷。我在长长的走廊上转了好几个弯后，忍不住觉得有点阴森。山太似乎已经习惯了，即使快睡着了，也毫不退缩地沿着走廊往前走。

盥洗室位于屋子深处，我忍不住担心“如果在这里和山太走失了，我一个人恐怕没办法回到饭厅”。幸好山太睡觉的那间六张榻榻米大的房间离饭厅不远。

山太走进卧室后，打开电灯，换了睡衣。因为他仍戴着手套，所以动作有点慢。棉被早就铺好了。

“你一个人睡吗？”

“嗯，上小学后就一个人睡。”

“真了不起，不会害怕吗？”

“不会，但有时候也会跑去爸爸他们的房间睡。”

山太腼腆地补充道，把机器人和信放在枕头旁。

“手套呢？”

“我要戴着睡觉。”

“手不会很闷热吗？”

“没关系，因为我很喜欢。勇哥，谢谢你。”

“不客气，那我关灯喽！”

“要留一盏小灯。”

“好，这样可以吗？晚安。”

“晚安。”

山太在橘色小灯下钻进被窝。我走出山太的房间，轻轻关上拉门。

隔着走廊的窗户，我看着雪花飘舞的庭院。这时，我看到车子的车前灯渐渐靠近，划破隐入黑暗中的夜景。

我以为是直纪的摩托，但我想错了，是一辆白色小客车。直纪从副驾驶座下来，笑着对驾驶座上的人说了几句话，便踏着雪地走向清一哥家的玄关。车子利用庭院掉了头，沿着来路折返了。

我忍不住向前踏出一步，结果额头撞到玻璃窗上，痛死我了。不过，眼前有比疼痛更重要的事。

我在走廊上奔跑，穿越宴席还在进行的饭厅，下到玄关处的泥土地，顺势套上拖鞋。与喜和阿锯都纳闷地看着我，不知道发生了什么事。我不理会他们，用力打开玄关的门，和正打算从外面打开门的直纪撞个正着。

“啊，吓我一跳！”直纪说着，对我露出笑容，“对不起，我来晚了。我带了色拉，但大家已经吃饱了吧？”

“直纪！”我开了口，“刚才是奥田老师吗？你应该请他进来坐啊！”

直纪的表情有点僵。

“你怎么知道奥田老师的名字？我介绍你们认识了吗？”

“没有，但我稍微打听了一下。”

“哦，是嘛！”

直纪的声音冷得像雪女。风带着雪，从她身后敞开的门吹了进来。

“刚才的车子不是奥田老师的，我打算骑摩托过来时，刚好遇到山根太太下班回家经过，她说‘下雪骑摩托很危险，刚好顺路，我送你一程’，所以就开车送我来这里了。”

惨了……我感到自己脸色发白，直纪果然默默地生气了，她用冰雪般的双眼看着我，那股气势就像有一百个雪女联合起来要对付我。

“所以，在你眼中我是对谁都投怀送抱的人吗？明知道你喜欢我，在圣诞夜还让其他男老师开车送我，故意让你看到吗？”

“不，不是这样。”

虽然我嘴上这么说，但我原本想的确是像直纪推测的那样，无法克制地心生嫉妒。

“对不起。”

“哼！”直纪用鼻子发出声音（宛如冰的鼻息），走过我身旁，从泥土地走进饭厅。

饭厅内所有人都沉默不语。与喜跌倒在榻榻米上，因为他刚才偷听时脖子伸得太长，失去了重心。

“对不起，我来晚了。”直纪笑着说，“姐姐，我带了色拉，你们明天早上吃吧！”

直纪面带笑容，从背包里拿出保鲜盒交给佑子姐。总共有三盒，分别装了马铃薯色拉、小黄瓜生菜色拉，还有西红柿水果色拉。我不发一语，垂头丧气地跪坐在饭厅角落。

“谢谢。”佑子姐接过保鲜盒时频频看我，“你还没吃饭吧？还有蛋糕。”

“对不起，不用了。我很累，想先休息。清一哥，平时那个空房间借我睡。”

“请便。”

直纪对其他人说了声“晚安”（但巧妙地避开了我的视线）后，走出饭厅。

听到直纪走上楼的脚步声消失，饭厅内的所有人都七嘴八舌了起来。

“刚才是勇气的错。”

繁奶奶断言道。

“你为什么不好好道歉，你真是不懂女人的心呢哪。”

美树姐生气地说。

“看来我只顾着教你怎么砍树，却忘了教你怎么更有女人缘。”

与喜坐了起来，装模作样地抱着双臂。他之前明明对我说“多做就会了呢哪”，完全没有教我任何林务的事。

岩叔夫妇也说：“原来勇气还没有放弃追求直纪。”“一旦放弃，这个村子里就没有和他年龄相近的女生了。”我才不是因为这种消极的理由喜欢直纪。

虽然面露担心，但清一哥和佑子姐可能因为直纪是他们的家人，所以始终没有说话。

三郎老爹“咚”的一声，把杯子放在矮桌上。

“勇气，你觉得爱是什么？”

“咦？”

要我在大庭广众之下谈这个问题吗？我有点手足无措。三郎老爹摇着头，似乎在感叹“现在的年轻人……”。

“我的父亲啊，是个整天都花天酒地的人。”三郎老爹缓缓地开口说道，包括我在内，所有在饭厅的人全看着三郎老爹。

“没错，没错。”繁奶奶附和着，“即使他不去勾搭女人，也会有女人主动找他，与喜根本不如他的一根小指头。”

“比我还花心，那根本是魔神级的嘛！”

与喜佩服地说。他神气个屁啊！

“战争结束后，”三郎老爹继续说道，“我父亲觉得自己捡回了一条命，就经常去镇上找女人。我和弟弟整天看我母亲落泪，觉得她很可怜。”

“三郎老爹，难怪你从来不偷腥，原来是因为有父亲这个反面教材。”岩叔似乎恍然大悟。

“听你这么说，似乎你有偷腥的经验哪？”岩嫂问道。

“没有，我才没有。”岩叔慌忙否认。

三郎老爹没有理会他们，继续说道：

“但是有一天，我父亲突然不再找女人了，开始回家拼命劈柴。”

“为什么劈柴？”我偏着头问。

“当时，我家还使用炉灶，无论煮饭还是烧洗澡水都要用木柴。父亲劈了很多柴，堆在房子周围，连仓库里也堆满了柴，还顺便修好老旧的厕所和家里的地板。母亲虽然有点不敢相信，但还是为父亲的改变而高兴，因为劈柴、堆柴对女人来说都很辛苦。”

“你父亲的确很怪。”繁奶奶嘀咕说，“我记得他直觉特别准。”

“是啊！”三郎老爹不由得低声表示同意，“父亲吩咐母亲说：‘把黑色短褂拿出来，这件事不要跟任何人说呢哪。’接着他预言，三天之内村里会死人。”

什么？他能通灵？太可怕了吧！虽然我这么想，但其他人都露出“噢，这种事的确有可能发生”的表情。神去村总是充满奇人异事，我决定不去深究。

“劈了很多柴——多到没地方可放——的父亲，有一天突然死在山上。前一天他还好好的，却在山上心肌梗死而过世。”三郎老爹有点感伤地说，“父亲可能察觉到自己的死期，所以劈了很多柴留下来，让母亲以后不必为缺柴伤脑筋。我看着堆积如山的木柴，终于体会到‘原来这就是爱哪’。”

“啊？！”

是这样吗？到处花天酒地，结果突然暴毙，即使留下大量木柴，太太也不见得会原谅他吧？

“但木柴用了之后，不是会慢慢减少吗？”与喜提出了疑问，“所以，爱也慢慢减少？”

“这就哪啊哪啊了嘛。”

三郎老爹在关键情节用“哪啊哪啊”搪塞我们。“我母亲也抱怨：‘原本打算装瓦斯，换电子锅的，但总不能浪费爸爸劈好的柴呢哪。’”

据说三郎老爹家也因为这个，很久之后才装瓦斯，买电子锅。爱真让人困扰……

始终不发一语的美树姐总结说：

“总之，勇气明天要向直纪道歉呢哪，不要心动又不敢行动。无论男人还是女人，该做决定的时候就要做决定。”

“我的小货车借你。”与喜嬉皮笑脸地说，“你明天早上送直纪回家，我搭清一的车上山。清一，勇气明天稍微迟到一下没问题吧？”

“没问题。”清一哥说完，宣布圣诞派对结束，“对勇气来说，明天是决战的日子，今晚别喝太多了，就到此结束吧！”

饭厅里已经倒了好几个喝空的两公升酒瓶。把脸埋在前腿中睡觉的阿锯听到与喜的声音，立刻摇起尾巴。

翌日早晨，我开着与喜的小货车去清一哥家接直纪。昨天没机会送给她的礼物也放在驾驶座上。

走出家门时，美树姐拿了便当给我（与喜还在呼呼大睡）。

“今天饭团里包的是炸猪排，我一大早起来炸的。加油，今天一定要赢。”

虽然内心感激，但压力也不小。

直纪去小学上班之前，必须先回家换衣服。因为才六点，同组的其他人还没到清一家的庭院集合，只有顶着白雪的赤松散发出昨晚派对的余韵。

直纪出现在玄关时，当然满脸不高兴。

“早安。”

“早。”

“昨天我误会了，真的很对不起。”

“嗯，算了。”

呜呜呜，怎么办？直纪懒得多说一个字。即使坐在副驾驶座上，她还是看着挡风玻璃，不说一句话。

雪昨晚就停了，车痕下可以隐约看到柏油路面。不过，积雪开始融化时最容易打滑。我小心翼翼握着方向盘，小货车缓慢前进。我也希望拉长向直纪道歉的时间。

神去村位于深山，冬天早晨的天色很晚才亮。车头灯照在雪地表面，宛如在黑暗中闪烁的星空。

小货车行驶在两侧都是杉树的路上。我不能输给自己的名字，一定要鼓起勇气说出口！

“我一直在吃那个叫奥田的老师的醋，因为之前看到他开车送你回来，而且他又和你在同一所学校上班，更何况，我的年纪还比你小。”

啊……我越说越觉得自己真没用，鼓起勇气抱怨是哪招啊！

"我之前就知道你是个小家子气、爱吃醋的人。"

虽然直纪说的是实话，但还是有点过分。

"我以后会努力不吃醋。"

我表达了反省之意。从杉树树枝落下的雪打在挡风玻璃上，直纪和我都吓了一跳。我打开雨刷，清除挡风玻璃上的雪。雨刷在眼前晃动，发出吱咯吱咯的声音。直纪不知道说了什么，但吱咯吱咯的声音太吵，我没听清楚。与喜，该换雨刷的橡皮了。

"啊？"

我关上雨刷问。

"我说你这个人很孬，圣诞夜不敢单独和我见面。"

什……什么？直纪该不会闹别扭吧？难怪我打电话邀她参加圣诞派对时，感觉她有点迟疑，难不成是因为得知"原来不是找我约会"而失望吗？

不可能！我想得太美好了。紧张紧张。

"我之所以生气……"直纪在副驾驶座上抱着双臂。啊呀呀，她刚才不是说"算了"吗？果然还在生气嘛！

不，我知道，不能把女人的"算了"当真。为了表示认真听她说话，我放慢了小货车的速度。

“不是因为你吃醋，而是既然你喜欢我，甚至为我吃醋，却一点都不相信我，我气的是这个。”

“但这是因为……”

“因为什么？”

“即使我想相信你，还是会不安。”

“为什么？”

“因为我对你说了好几次喜欢你，但你完全不跟我说你的想法，我当然会胡思乱想啊！”

“那只要我说喜欢你，你就不会胡思乱想吗？”

“哦？所以你喜欢我？”

“我只是打个比方。”

看吧！我太失望了，把刚才情不自禁看向她的脸转了回来，看着前方。

“好吧！”我说，“那我们开始交往。”

“为什么会是这样的结论？”

“就算你说喜欢我，就算我们交往，我还是会胡思乱想而心生嫉妒。但这都是因为我喜欢你啊！所以也是难免的事。”

“嗯，没错！”

“但是，只要有我们在交往的信心，我就可以放心。如果根本没交往，我却这么常吃醋，那真的太小家子气了，该怎么说……我也觉得自己很悲哀。”

“我能理解。”

也许直纪曾嫉妒过她的亲姐姐佑子姐，所以深有感慨地点点头。

“对吧？所以，如果你不讨厌我就和我交往，让我安心；如果交往之后觉得讨厌，讨厌得全身发抖，那可以和我分手。”

“真搞不懂你是强势还是示弱。”

我斜眼看向直纪，发现她正在笑。太可爱了，超级可爱！

这时我突然想到，如果我预感自己即将死去，应该也会像三郎老爹的父亲一样，努力为直纪做很多事。

希望自己死后，她仍然可以过着幸福的生活。在死之前和她一起吃饭、洗澡、吵架，和她共度平淡安逸的生活。就像三郎老爹说的，这就是爱。虽然这样写出来有点难为情。

我来到神去村，认识神去村的村民，和他们一起生活、一起工作后，才终于了解这件事。

放眼一百年后，这里的村民在山林种植树木，并以砍伐祖先种植的树木维生。他们相信，一百年前的人和他们现在一样，有欢笑、有泪水地度过每一天，一百年后的子孙，也会继续维持这样的生活。他们持续养护周围的山林，即使自己死了，也会为后人的幸福祈祷。这种信赖不就是爱吗？

当然，横滨也有信赖，也有爱，只是当时我的年纪太小，没有察觉而已。老爸每天任劳任怨地去公司上班，为了养活家人而努力工作。老妈虽然爱抱怨，有很多不按常理出牌的行为，但一定很关心我和大哥。大哥和喜欢的女人结婚生子，所有亲戚都很喜欢他们的孩子。这样的家庭、这样的事随时随地都在上演。

即使知道明天就是世界末日，也不可能突然和亲人反目成仇。我相信在我们的大脑中，已经输入了信赖和爱，输入了乐观的希望，相信无论明天还是后天，甚至是一百年后，人们都可以过着幸福快乐的生活。我们具备每天努力生活，朝这个目标前进的动力。所以，当我们看到出于某种原因失去了信赖和爱、变得自暴自弃的人，就会感到心痛难过。

不过仔细思考一下，就会发现没有任何人能够保证有下一个一百年，会发现这只是愚蠢的希望。

现在是讨论什么？我难得思考这么宏观的事，结果把自己都搞糊涂了。

总之，我希望直纪幸福。即使她和我分手，即使我死了再也无法见到她，我仍然衷心希望直纪永远幸福。我一直都不知道内心沉睡着这样的想法，是直纪和神去村让我发现了这件事。

原来在这个世界上、在我的内心也存在着信赖和爱。

直纪还没有回答是否愿意和我交往，小货车就到了她家门口。

“谢谢。”

直纪向我道谢后，进了家门。我坐在驾驶座上目送她走进屋里。至少我已经表达了自己的心意（虽然结果还是挥棒落空），这样就好。这时，我突然想起忘了把礼物送她。

我熄了火，坐在小货车上等直纪再度走出家门。寒冷的空气从钢铁的车体渗了进来，但我毫不在意。

二十分钟后，直纪出现在玄关。可能今天是结业式，所以她穿了黑色套装，膝盖下的双腿线条很美。她拎着沉重的皮包，没有穿大衣，而是穿了一件黑色夹克，很有直纪的风格。

直纪看到我的小货车，讶异地走过来。我拿着礼物，走下驾驶座。

“怎么了？”

“我忘了把圣诞礼物送你。”

直纪接过我递给她的礼物。

“可以打开吗？”

“可以啊！”

直纪看到里面的红色围巾，轻轻抚摸着。

“颜色好漂亮。”

直纪抬头看着我。不知道为什么，我似乎突然能察觉她内心的想法，于是拿起围巾，围在她的脖子上，然后，和她亲亲了。不，只是蜻蜓点水的一下！一大清早的，左邻右舍可能会看到。

“我也不希望让你感到不安。”

直纪小声说道。

“那我们就从今天开始交往，可以吗？”

“说了‘我们交往吧’‘好啊’之后再开始交往，感觉很蠢！”

直纪笑着说，她的脸颊红了。好……可爱。

但是，如果不说“我们交往吧”，要怎么开始交往呢？顺其自然吗？我有点搞不懂，但从直纪的表情来看，我们真的开始交往了。神去的神明，太感谢了！

“不好，我要迟到了呢哪。”

直纪跨上川崎摩托车。她穿裙子，动作还这么大胆。我的担心是多余的，因为她裙子里穿了安全裤。对不起，我不应该偷看，但眼睛就是忍不住会瞟过去。

直纪发动摩托引擎，我慌忙对她说：

“围巾上的标签还没剪掉。”

“没关系，我到学校再剪。”

“我可以使用‘目途’的权利吗？”

我在混乱之际问道，直纪停下想要戴上安全帽的手。

在大山祇神的大祭时立下功劳的男人拥有“目途”的权利。由于四十八年才举行一次大祭，所以很特别，而去年刚好是大祭（上次伐倒栗树后，用直升机运出去时，只是普通的大山祇神祭）。

至于是什么权利……就是“可以向喜欢的女人要求云雨”。也就是说，我刚才这句话是直接问直纪，“我喜欢你，我希望和你很……亲密”。啊啊啊！

我既害羞又期待，还很紧张，像冰雕般站在那里等她的回答。不知道过了多久，直纪开了口：

“傻瓜，你收工之后打电话给我。”

她戴上安全帽，只有眼睛对我露出笑意，帅气地骑着摩托离去。

我全身的毛孔都喷着汗，好像覆盖全身的冰都顿时融化了。

刚才不是我幻听吧？打电话给我打电话给我打电话给我……（无止境地回响）

太棒了！

虽然我很想跳起来欢呼，但因为太高兴、太感动了，所以动弹不得，呆立在原地。

显然我真的豁出去了。

之后的发展？那就请各位读者发挥想象力喽！

新年假期时我回了横滨，直纪在一月三日的开学典礼之前回东京的父母家。所以，我们好不容易决定交往，却迟迟无法见面。

从横滨回到神去村后，我背着繁奶奶，花了好几天的时间，终于写完圣诞派对到底发生了什么事。

明天傍晚，直纪就要回来了。呵呵呵。刚才直纪打电话给我，我会开小货车去地方线的终点站接她，然后我当然打算在送她回家时，陪她一起进家门喽！

嘿嘿嘿。

直纪打电话来时，是与喜接的，所以全家人都知道这件事了。繁奶奶一脸贼笑地问我："明晚不回来睡吗？"美树姐叮咛我："你们还没结婚，千万不能做有损直纪名誉的事。"至于与喜，偷偷把保险套塞在我手里。这种东西，我自己会准备。

"你胆子不小，居然敢和直纪交往。"围在暖炉桌旁吃晚餐时，与喜难以置信地摇着头，"我看你会成天跟在直纪屁股后面，只听她的话。"

与喜哪有资格说我？他自己根本是十足的妻管严。

大家都入睡后，我继续写下这些内容，但刚才与喜突然打开纸拉门，走进我房间。我立刻让电脑进入休眠状态，问他："怎么了？"与喜难得一脸严肃地坐在我面前。

"勇气，你今后有什么打算？"

"什么打算？"

"你要去直纪家和她同居吗？"

我吓了一跳。

"八字都还没一撇呢！林务工作还有很多要学的，我希望可以继续住在这里，跟你多学一点。"

"是吗？"

与喜露出笑容，他似乎担心我会搬出去。

"很好，你离独当一面还远着呢，看看我的本领，你就会惭愧得发抖了。"

他哪来这么强大的自信？与喜把双手放在我肩上，站了起来。

“不过，你该考虑自己买一辆小货车了，集会所的停车场还有空位。去见女人时，没有自己的车很不方便吧？”

他似乎深有体会。

“但我没多少存款。”

“贷款啊，与喜银行是你的好朋友。”

“利息很高吧？”

“开什么玩笑，我借贷，你放心。”与喜打着哈欠，走回自己的卧室，“明天也要上山，早点睡。”

有道理。那就先记录到这里，赶紧上床睡觉。

明天的山上、村里不知道会发生什么事。见到直纪后要和她聊什么？我哥的儿子长大了，已经会说话了；我离开横滨时，他才刚会爬而已。

夜晚的神去村很安静，只听到隔壁房间传来繁奶奶的鼻息。因为我改了密码，繁奶奶现在没办法偷看我的电脑，所以她这几天不太开心。既然知道我是用重要的人的名字当密码，她应该能猜到“shige（繁）”啊！

相信各位读者已经知道，我爱上了神去村，我做梦都没有想到，自己会这么爱神去村。

我记下了神去村的传说、村民和在神去村发生的事，怎么样？各位读者有没有稍微爱上神去村呢？希望有！

啊，我刚才听到阿锯打喷嚏，好像又下雪了，希望明天积雪不会太深。

但是，被白雪笼罩的神去村也很美，尤其是夜晚的雪景堪称人间仙境。无论山、小桥，还是房子，都一片白茫茫，透出微微的光。只有神去河的河水是黑色的，天空的点点星光洒满水面，宛如碎冰，宛如窗户的灯光，以各自的节奏眨眼。

我明天也要上山养护山林。也许不久后，神去产的树木就可以成为各位家里的柱子，或是各位使用的家具、免洗筷等东西。到时候，希望各位想起神去村，想起我们。

如果有朝一日各位来神去村玩就太赞了，等你们哟！

那就晚安喽！谢谢你们的捧读！

文治

磨铁图书旗下子品牌

更好的阅读

出 品 人　沈浩波

出版监制　潘　良　于　北

产品经理　刘　烁

特约编辑　孙恩枫

版权支持　冷　婷　郎彤童

装帧设计　尚燕平

关注我们

官方微博：@文治图书

官方豆瓣：文治图书

联系我们：wenzhibooks@xiron.net.cn

图书在版编目（CIP）数据

浙江省版权局
著作权合同登记章
图字：11-2021-184号

哪啊哪啊神去村夜话 /（日）三浦紫苑著；王蕴洁译．— 杭州：浙江人民出版社，2021.12

ISBN 978-7-213-10265-3

Ⅰ．①哪… Ⅱ．①三… ②王… Ⅲ．①中篇小说—日本—现代 Ⅳ．①I313.45

中国版本图书馆 CIP 数据核字（2021）第 163819 号

哪啊哪啊神去村夜话

NA A NA A SHEN QU CUN YE HUA

〔日〕三浦紫苑　著　王蕴洁　译

出版发行　浙江人民出版社（杭州市体育场路 347 号　邮编　310006）
责任编辑　张世琼
责任校对　张志疆　朱　妍
封面设计　尚燕平
电脑制版　顾小固
印　　刷　三河市冀华印务有限公司
开　　本　880 毫米 ×1230 毫米　1/32
印　　张　8.75
字　　数　145 千字
版　　次　2021 年 12 月第 1 版
印　　次　2021 年 12 月第 1 次印刷
书　　号　ISBN 978-7-213-10265-3
定　　价　49.80 元